KB017556

어떤 돈가스
가게에
갔는데 말이죠

* 본문에서 일본어 'かつ'의 한국어 표기를 '가스'와 '카츠'로 병용하였습니다.

〈유어마인드〉 이로의 일본 돈가스 탐방기

어떤 돈가스 가게에
갔는데 말이죠

ㄴㄴ〉 〈ㄷㄴ

차례

언젠가 진행한 행사에서 일이 꼬였습니다. 행사장 뒤에서 초조해하는데 아는 분이 창백한 상태를 보곤 대뜸 무슨 일이냐 묻더군요. 토크를 하기로 한 사람이 늦는 바람에 뒷사람과 순서를 바꿀 수밖에 없는데 미리 온 관객들이 잘 이해해줄지 걱정이라고 했습니다. 그랬더니 그가 이렇게 말했습니다.

　"귀여운 사진이나 웃긴 사진 보여드릴까요?"

　그러곤 "트위터에서 보고 저장해둔 이미지가 뭐 있더라, 아, 이

건 별로고" 하면서 진지하게 폰 사진 폴더를 고르는 겁니다. 그 장면이 잊히지 않습니다. 급히 자리를 옮겨야 했기 때문에 어떤 사진을 보여주려 했는지 모르겠습니다. 그런데 그 말만으로도 덜 불안해졌습니다. 괜찮다거나 힘내라는 말을 한 것도 아닌데, 세상의 많은 말보다 더 힘이 되었습니다. 더 괜찮아졌습니다. 행사를 마친 다음날 침대에 누워 뒹굴거리며 쉬다 문득 좋은 위로법이구나 생각했습니다.

모모미씨와 타국으로 휴가 갔을 때, 그 동네에서 가장 좋은 리조트를 구경했습니다. 저희 숙소는 아니었지만 고급 리조트 건물도 구경하고, 기념품 숍도 보았습니다. 커피를 주문하니 몇 호냐 묻기에 "저희는 바깥에서 왔어요"라고 답했는데, 좀 이상한 대답이다 싶었습니다. 모두들 밖에서 오지 않나 생각하니 재미있었습니다. 넓은 리조트 안을 이리저리 걷다가 수영장을 보려고 계단을 내려가는데 어떤 분이 구석에 앉아 혼자 울고 있었습니다. 대단한 곳에 묵었다고 모두가 내내 행복할 순 없겠죠. 조심히 자리를 비켜드리려는데 리조트 직원이 올라오다 그를 발견했

습니다. 괜찮은지, 무슨 일인지, 다쳤는지, 몇 호 손님인지 물어
볼까 싶었죠. 그런데 직원은 영어로 이렇게 말했습니다.

"지금 물을 좀 가져오겠습니다."

그는 가만히 고개만 끄덕였고 직원은 빠른 걸음으로 물을 가지
러 갔습니다. 어려운 마음의 사연에 개입하지 않고도 상대를 진
정시킬 수 있는 도구를 찾아 나선 것입니다. 순발력인지 근무 매
뉴얼인지 모르겠습니다. 물 한 모금이 뭘 해결해주진 않죠. 다만
힘든 사람에게 '내가 자네 나이 때 그 정도 일은 새발의 피였다'
라고 되레 공치사하는 사람들 사이에서, 물 한 병은 굉장한 역할
을 할 수도 있습니다. 공식처럼 오가는 토닥거림 앞에서는 내가
아닌 다른 사람을 앉혀도 똑같겠죠. 사소한 차이라도 구체적으
로 지금 상대방에게 필요한 말, 사물, 도구로 흔한 말에 가려졌
던 감정을 끌어오는 사람에게 감동합니다.

제가 가진 도구는 자세히 말하는 것입니다. 지금부터 이 책의

마지막 장까지 돈가스만, 일본의 돈가스 가게만 이야기하려고 합니다. 돈가스에 너무 집중한 나머지 어떤 말은 돈가스와 아무런 관련이 없을 터입니다. 돈가스와 상관없는 생각마저 돈가스가 불러오죠. 쓸데없을 정도로 구체적이어서 요리에 대한 쓸모없는 이야기를 듣고 싶은 사람과 손뼉 치며 나누는 글이 되었으면 합니다. 열 곳의 돈가스 가게에서 먹고 듣고 보고 우물거리며 생각한 표현들이 누군가에게는 귀여운 사진이나 물 한 잔처럼 쓰이길 바라며 "지난번에 어떤 돈가스 가게에 갔는데 말이죠……"라고 말문을 열어봅니다.

— 돈가스 마이센 아오야마 본점 —

とんかつ まい泉 青山本店

4 Chome-8-5 Jingumae, Shibuya-ku, Tokyo

1인의 영역, 1인분의 크기

한 사람의 영역은 얼마만큼일까요. 인간 한 명의 범주는 어디부터 어디까지일까요. 움츠린 몸만큼이라고 생각합니다. 가장 작게 쪼그려 앉거나 너무 추워서 팔을 몸에 밀착시키고 소극적이 된 상태요. 문학적인 수사로, 팔을 뻗어 그리는 원도 아니고 그걸 뺀 만큼은 더욱 아니고 그 팔, 육체의 외곽선이 내가 가늠하는 나의 크기입니다. 어깨가 좁고 팔목이 유독 가늘어서 더 그렇게 생각하는지도 모르겠어요. 마른 몸의 한계를 늘 인식하며 삽니다.

이렇게 한 사람의 물리적 영역이 협소하다보니 추상적인 영향 혹은 영향력에 집착하고 좌우되는 게 아닐까요. 이토록 작고 좁은 사람이 그토록 크고 멀리 뻗어 나갔다고 믿고 싶은 거죠. 내가 누군가에게 영감과 영향을 준다고 생각하면 아주 잠깐, 1인의 크기를 1.2인 혹은 2인처럼 느끼겠지요. 평생 단 한 번도 거대한 공연장에서 감동적인 노래를 부르고 기립 박수를 받아본 적 없습니다만, 그럴 때 그 가수는 자신이 공연장의 크기만큼 확장되는 순간을 맞이할 겁니다. 육체가 확장 혹은 확산되는 경험은 꽤 중독적이지 않을까요. (참고로 저는 음치에 박치입니다. 저를 괴롭히려면 혼자 노래방에 데려다놓고 계속 시간 연장을 하시면 됩니다.) 눈에 보이는 몸이 '당신은 정확히 이만하다'라고 증명할 때, 눈에

보이지 않는 힘이 '당신은 누군가의 인생을 바꿀 만큼 대단하다' 라고 현혹하면 어느 쪽의 말을 믿을지 어려워지기 마련입니다.

눈에 보이는 영역을 부정하면 다음 일도 일어나지 않는다고 생각합니다. "제가 이렇게 창의적인 사람입니다"라고 말하는 사람의 창의적일 확률이 0에 한없이 수렴하듯, 모임의 분위기를 맡는다고 자부하는 사람이 실제로는 그렇지 않듯, 자신의 범위를 억지로 늘려 보이는 사람 역시 마찬가지입니다. '내가 이렇게 비좁은 사람일 리 없어'라고 생각하면 아주 높은 확률로 비좁고 치졸한 사람 맞습니다. 자신이 얼마나 편협한지 부정할 시간에 편협 계량기로 새어가며 속 좁은 사람이 할 수 있는 일이라도 찾아 나서는 게 좋겠습니다.

부정의 제스처를 두 가지 알고 있습니다. 하나는 다리를 자신의 어깨너비보다 더 벌리는 일, 하나는 옆자리 의자 등받이에 손을 뻗어 올리는 일입니다. 두 가지 행동 모두 1인의 크기를 지키며 살아가는 사람들의 범주를 침해하며 나를 과장하는 데 쓰입니다. 내 상반신은 버스 2인용 의자 절반의 크기지만 다리는 1.5인만큼 차지해야, 내 육체는 나무 의자 하나에 딱 맞지만 손은 옆 의자까지 뻗어야 안심이 되는 걸 테죠. 그리고 이 행동은 예외 없이 그 과장을 유지할 힘이 있는 자, 무례한 스스로를 보호하는 자들에 의해 행해집니다. 그들은 개인을 보장하는 구획을 자신의 영토로 삼아버립니다. 그걸로도 모자라, 이제 우리에게 왕년이란 없음을 직감한 어린 세대에게 왕년엔 자기가 이보다 더 큰 사람이었다고 과장에 가속을 더합니다. 닿고 싶지 않은 다리를 한껏 뻗어놓고, 뒤에 두고 싶지 않은 팔을 맘껏 올려두고, 듣고 싶지 않은 영웅담을 양껏 듣게끔 하는 사람으로부터 나의 작은 영역을 지키고 싶습니다.

도쿄의 '마이센'은 널리 알려진 곳이자 분점도 낸 돈가스 전문점입니다. 동시에 제 기준에는 돈가스 전문점이 아니기도 합니다. 전문이라기엔 다른 메뉴가 너무 많아서요. 소바도 있고 초밥도 있고 연어도 있고 흑돼지로스도 있습니다. 초밥보다 로스구이에 더 시큰둥했는데 "튀김을 덜 믿는 가게 아닌가" 하는 이상한 문장을 발음하면서 들어갔어요. 코스도 있고 정식도 있고 돈가스카레도 있고 돈가스샌드위치도 있고 입구에 테이크아웃 코너도 있습니다. 저는 다양한 미각을 넓게 만족시키려는 구성보다 로스가스 하나, 히레가스 하나를 주력으로 하면서 새우가스는 될 때도 있고 안 될 때도 있는데다 굴튀김을 찾으면 굴튀김은 굴 가게에 가서 드쇼, 핀잔을 듣게 되는 식당이 좋습니다. 사장님 겸 조리장이 양배추를 담는 내내 따져 묻기 어렵게 적당히 뭉개진 발음으로 "하, 굴튀김을 달라니……" 고개를 절레절레 저으며 중얼거리는 곳요.

공간은 무척 매력적입니다. 건물 바깥에서 보이는 공간과 들어서서 보게 되는 공간이 전혀 다르고, 식사하고 나와 기억의 평면도를 그려보면 이게 대체 어떻게 생긴 건물인가 싶죠. 본래 목욕탕이었던 건물이라는데, 이 층고 높은 서양관은 대욕장이었던 걸까요. 40도 가까운 물에 몸을 불리며 심호흡하던 공간에 앉아 150도가 넘는 기름에 튀긴 고기를 먹고 있지만, 여기저기 둘러본다고 그때와 쉽게 이어지진 않습니다.

점심 메뉴인 로스가스를 시켰습니다. 대학생 시절 누나가 관광객의 호기로 큰맘 먹고 비싼 흑돼지로스를 사주었는데 흑돼지로스와 그냥 로스를 구분할 미각이 없음을 그때 바로 알아챘어요. 마이센 돈가스는 표준의 맛을 지향합니다. 가게만의 특성을 부각시키거나 반드시 특정 인물이 조리를 한다거나 하지 않고, 대부분의 사람들이 떠올리는 표준형의 돈가스 맛을 구현합니다. 분점을 펼칠 정도로 규모가 큰 요식업의 적절한 처신입니다. 혹은 역으로 사람들이 마이센 돈가스를 표준의 것으로 삼았는지도 모르죠.

쟁반 이야기를 하려고 합니다. 모든 돈가스가 다 그렇지도 않고 돈가스 요리만의 특성도 아니지만 대부분 1인분의 양을 적당히 큰 쟁반에 담아 그 쟁반 그대로 두고 가죠. 사각 검정 쟁반 위에 돈가스, 양배추, 밥, 된장국, 찬, 젓가락, 물잔이 담겨 있습니다. 쟁반 테두리에는 낮은 턱이 있어 그릇들이 자리를 지키게 합니다. 마이센에서 받은 돈가스는 둥근 테이블 위, 사각 쟁반 위, 하얀 접시 위, 철망 위에 놓여 네 겹으로 보호받고 있었습니다.

단계별로 분리되는 우주 왕복선처럼, 이것들은 로스가스라는 핵심을 지키기 위해 각자의 임무를 맡습니다. 인류의 미래를 위해 우주를 탐사하는 왕복선의 임무를 돈가스에 빗대는 건 과하다는 생각이 듭니다. 당연히 돈가스가 더 소중하죠. 어쨌든, 채 썬 양배추에서 흘러나오는 물기로부터 돈가스의 튀김옷을 지키는 철망의 웅장한 역할보다 사각의 검은 쟁반이 중요합니다. 쟁반은 손님이 앉은 테이블을 굳이 한번 더 구획합니다. 쟁반 안쪽은 당신의 영역, 바깥쪽은 모두의 영역이라고요. 그 낮은 턱을 경계로 안쪽에는 나를 위한 1인분의 양이 담겨 있고, 바깥쪽에는 함께 사용하는 소스통과 다른 사람들의 쟁반이 놓여 있죠. 그렇게 시각적으로 1인분의 크기를 지정하면서, 동시에 식판이 아니기에 쟁반 위 그릇들로 충분히 그 가게만의 특징을 살릴 수 있습니다. 어떤 젓가락을 쟁반 어디에 두어 내느냐 하나만으로도 가게의 성향을 알 수 있으니까요. 젓가락 받침 하나도 그릇과의 조화를 고려하는 가게가 있는가 하면, 일회용으로 위생을 평준화하거나 젓가락 포장에 가게 이름을 한번 더 쓰는 곳도 있습니다.

저는 뷔페나 무한 리필 식당을 잘 가지 못합니다. 먹는 양이 적기 때문이기도 하지만 영원히 끝나지 않을 것처럼 느껴지는 1인분의 양이 무서워 그렇습니다. 양껏 먹는 자율성에 신나기도 하지만, 전문가가 '이 요리를 이 정도로 먹으면 딱 맞습니다' 정해주면 더 좋겠어요. 검은 쟁반이 그런 역할을 합니다.

'이로'라는 이름은 스스로 정해서 쓰고 있습니다. 강원도 동해시 이로동에서 따왔습니다. 흔한 이름이 아니어서 그런지, 본명인지 아닌지 궁금해하는 사람도 있고 본명을 말하면 충분히 괜찮은 이름인데 왜 필명 혹은 활동명을 쓰는지 묻는 사람도 있습니다. 이 이름이 꼭 필명이라고 생각해본 적 없습니다. 흔한 이름혹은 싫은 이름의 도피처 역시 아닙니다. 나쁜 이름의 대용이 아닌 그저 또다른 이름입니다. 지어진 이름인지 스스로 지은 이름인지가 결정적인 차이일 따름입니다. 은행에서는 저 이름을 쓰고, 좋은 사람들과 모였을 때는 이 이름을 씁니다. 굳이 정의하자면 애칭에 가까웠으면 좋겠습니다. (영화 속에 나오는 "이름이 토마스라고? 그럼 토미라고 부를게"보다는 변화의 폭이 조금 큽니다만.) 공항에서는 여권에 쓰인 이름을 사용하지만, 이 이름을 정한 후 절 아는 사람들은 모두 이로라고 부르고, 그것이 더 저를 저로 부르는 감각에 가깝습니다. 성인이 되어 일을 시작할 때 그 기반이 되는 이름부터 스스로 정하고 싶었기 때문입니다. 부모님이 지어준 이름도 좋아하지만 그 이름은 그 테두리에서 유용했고, 이 테두리에서는 스스로 지은 이름으로 설명하고 싶습니다. 누군가가 절 이로라고 부를 때 말하는 자와 듣는 자 모두 느끼는 아주 가느다란 불편함 혹은 신기함 혹은 이유를 알 수 없지만 랜선의 영역에 들어온 듯한 감정이 우리의 대화에 더 둥근 곡선과 모서리를 만들어줍니다. 그리고 저는 '이렇게 불리길 바라는 사람'에 가까워집니다.

돈가스 가게 이름을 짓는 일도 크게 다르지 않다고 생각합니다. 이 집의 이름 마이센에 '泉(천)'이 들어가는 까닭은 먼저 이야기한 대로 욕탕의 자리라 그렇겠죠. 돈가스를 한입 넣고 우물우물거리면서, 그러니까 마이센은 '킷토스트' 혹은 '팜팜피아노'와 비슷한 방식의 이름 짓기인가 혼자 생각했습니다. 이전 공간이 지녔던 명칭에 의탁하는 기운이 멋진 작명입니다. 돈가스 전문점 이름을 대뜸 온천처럼 짓고 50년째 영업해버린 이 가게 덕에 "오늘 온천에서 돈가스카레를 먹었어" 같은 희귀한 문장이 생겨났겠죠. 덕분에 온천 대욕장에 앉아서 히레가스를 먹으면 어떤 기분일지 너무나 궁금해지는 겁니다. 온천의 이미지가 둥글어서 보통 둥글게 튀기는 히레가스를 떠올렸습니다. 온천 기호(♨)를 보면 둥근 그래픽에서 온기가 피어오르니까요. 궁금하지만 평생 겪어볼 일 없겠지요. 욕장 내로 음식의 반입이 가능한 곳이 있을 리 없고, 또 하필 히레가스를 팔고 있어야 하니 쉬운 확률이 아니겠습니다.

돈가스 쟁반을 돌아 제 이름을 넘어 온천에서 로스가스까지 먹고 나왔습니다. 들어갈 때는 비어 있던 바bar 형태의 자리에 어느덧 사람들이 더러 앉아 있더군요(일본에서는 보통 '카운터 자리'라고 합니다). 저는 이 자리를 무척 선호하는데, 먹는 일에 열중할 수 있는 구도이기 때문입니다. 자리 자체가 '동행과 마주하다뇨, 식당에서는 요리사 그리고 무엇보다 음식과 마주해야죠'라고 말한달까요. 홀로 오든 일행과 오든 나란히 앉으니 대화할 때는 살짝 옆으로 돌아보게 되는데, 그래서 동행과의 교류가 부차적인 일이 됩니다. 나눠 먹거나 뺏어 먹기 어려운 점도 좋습니다. 마주 보고 앉으면 분명히 자신의 그릇에 젓가락을 뻗는 척하면서 경계를 넘어와 동행의 접시에 무단 침범할 수 있지만 나란히 앉으면 이게 쉽지 않거든요.

메뉴를 주문하고 느닷없이 완성된 요리가 제 앞에 등장할 때까지, 숨겨진 공간에서 중간의 많은 과정이 마구 점프합니다. 홀에서 주문하는 일에 '짜잔— 언어가 실물이 되었습니다' 하는 마술 같은 매력이 있다면, 바에서 주문하는 일에는 '아— 저기에서 저걸 저렇게 하는군' 하는 해설서 같은 매력이 있습니다. 카운터 자리는 손님들이 관객처럼 요리사를 둘러싸고 그의 퍼포먼스를 지켜보는 극장형 식당입니다(극장형 식당에 대해서는 곧 이어질 '돈키' 편에서 더 이야기하겠습니다).

혼자 식사하기를 두려워하는 사람은 언어가 흩어지거나 삼켜

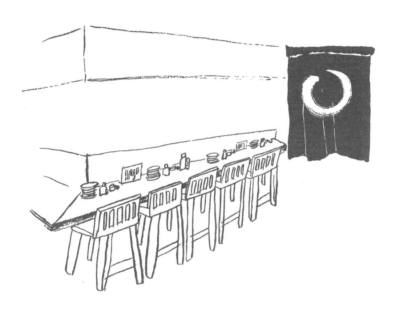

—돈가스 마이센 아오야마 본점—

지는 일을 참지 못하고 언제나 방향을 가지고 다른 존재에게 확인받으려는 사람이 아닐까요. 여럿이 식사해야만 하는 사람을 비판하고 싶은 마음은 없습니다. '아, 그런 유형이시군요. 저는 이런 유형입니다' 싶을 따름이죠. 7년 차 부부인 저와 모모미씨는 현재의 관심사에 대해 대화를 나누기도 하지만, 어떨 때는 등을 맞댄 채로 트위터와 인스타그램을 교차해 보면서, '자, 이거 봐봐' 하며 옆으로 화면을 내밀면 되는데 굳이 디엠으로 공유합니다. 또 한 명은 앉아서 한 명은 누워서 책을 보기도 하고, 각자 다른 영화를 보거나 심지어 같은 영화를 각자의 폰으로 봅니다. 몇 분 차이가 나면 한 명이 다른 한 명의 스포일러가 됩니다만 특별히 신경쓰지 않습니다. 홀로 갖는 비좁은 시간이 있기에, 이렇게 자잘한 사람이 또다른 방식으로 자잘한 누군가와 함께 산다는 일 자체에 감동합니다.

'다른 사람 신경쓰지 말고 마음대로 살아'라는 문장을 무서워합니다. '인생 뭐 있어?'라는 말을 들으면 즉시 그곳에서 도망치고 싶습니다. 제 삶은 언제나 '모두가 특별하다'와 '인생 별거 없다' 사이에 있습니다. 멋대로 살라는 조언을 과도하게 수용한 사람이 점점 무례해져, 처음 들어간 가게에서 양손을 호주머니에 찔러 넣고 "이렇게 해서 장사 좀 됩니까?" 큰소리로 묻는 장면을 자주 봐서 더 그런가 봅니다. 힘껏=마음대로 사는 중이겠죠. 하지만 저는 그보단 스스로 무엇을 할 수 없는가, 무엇을 해선 안 되는가, 내 영역이 어디까지인가 확인하면서 그 와중에 뭘 할 수 있는지 기어코 알아내려고 애씁니다. 물론 마이센에서 돈가스를 먹으면서 이 모든 생각이 들지는 않았습니다. 종종 검정 쟁반을 볼 때 떠올랐던 생각의 합입니다. 맛 외의 요소가 그 가게를 또 생각나게 합니다. 맛있는 온천에서 다음에는 표준의 히레가스를 먹어보고 싶습니다. 아니면 이건 또 어떻습니까, 까짓것 한번 흑돼지로스를 주문해보는 거죠.

이런 허풍과 관계 없이 아마도 또 로스가스를 시킬 겁니다. 늘 그랬어요.

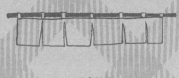

―이치린―

いちりん

4 Chome-4-19 Tsukiji, Higashimuro-gun, Wakayama-ken

별점의 문제와 해변의 돈가스

별점에 대하여 생각합니다. 가끔 익숙하게 받아들이는 개념에 대해 가만히 생각해보는 시간을 갖습니다. 물론 갑자기 정색하고 자, 지금부터 30분간 일상에 대해 의심해보자 하진 않습니다. 그 정도로 이상한 사람은 아닙니다. 그저 생활에서 무언가 맞닥뜨렸을 때 무슨 의미인지 떠올려보죠. 예를 들면 길을 걷다 마주오던 사람이 친구에게 "그 배우 정말 연기 죽이지 않냐"라고 확신에 차 말하는 모습을 보면 혼자 '죽이는 연기' 혹은 '잘하는 연기'란 무엇일까 생각합니다. 좋은 연기란 무엇일까요. 전 가끔 그걸 잘 모르겠습니다. 어떤 사람은 맡은 역할에 더 많이 빙의될수록 좋은 연기라 생각하겠죠. 어떤 사람은 시나리오를 잘 재현하는 연기라 말하겠습니다. 어떤 사람은 대사를 잘 전달하는 연기라 할지도 모릅니다. 앗, 잠깐만요. 영화도 어떤 세계잖아요? 좋은 연기로 가득한 영화에서는 모두가 서로의 말을 또렷하게 잘 알아듣겠군요. 전 그런 세계를 만난 적이 없습니다. 어떤 이는 웅얼거리고 어떤 이는 말을 하다 말고 어떤 이는 존재하지 않는 사투리를 섞어 쓰고 어떤 이는 자신만의 말투를 완전히 상실한 세계에서 살고 있습니다. 그러다 영화관에 앉으면 스크린 속 모든 언어가 가치 있죠. 낭비되는 어휘와 무너지는 문법이 없습니다. 종종 그 순간을 참지 못합니다. 어쩌면 가장 현실과 거리가 먼 장면들에 '현실감 있다' '진짜 같다'고 말하는지도 모릅니다.

영화 〈킹 메이커〉 초반, 스티븐(라이언 고슬링), 아이다(마리사 토메이), 폴(필립 시모어 호프먼)이 술집에 모여 대화하는 신에서 필립 시모어 호프먼과 마리사 토메이는 어떤 경지에 이른 연기를 보여줍니다. 경선 승리를 자신하는 선거본부장 폴에게 타임지 기자 아이다가 "질 수도 있단 말이군요"라고 낚싯대를 던지자

술잔을 입 가까이 가져가 마시려던 폴이 "I'm not……"을 발음하기 위해 술을 마시지 않고 잔을 결국 내려놓습니다. "이 경선이 곧 대선이다"라는 자신 넘치는 말을 끝내기 위해서요. 그 장면을 보면서 술잔이 들렸다 그냥 놓여질 수 있나, 지금껏 보아왔던 좋은 연기에서 배우의 손에 들렸던 소품이 용도를 잃었던 적 있었나, 술 한 모금 낭비해서 그가 얻은 성취를 생각했습니다. 그는 쥐고 있던 사물의 쓸모를 지워서 자신의 말을 더 중요한 영역으로 끌고 갔습니다. 목소리 하나 높이지 않고요. 폴이 화장실에 간 후 아이다와 스티븐은 다른 대화를 시작하죠. 아닌 척하지만 다소 무구한 스티븐의 감상을 안쓰러워하는 동시에 비웃으며 바라보던 아이다가 "그런 건 상관 없어(It won't matter)"라는 대사에서 It의 이응 발음을 0.5초 정도 지연시킵니다. 그렇게 조금 더 "그런 건 상관 없어, 이 멍청아"에 가까운 문장이 됩니다. 한 인물의 고유한 말투는 사투리나 억양, 특정 어휘가 아닌 극도로 순간적인 습관으로도 만들 수 있지 않을까요. 어디에서 잠깐 쉬는가, 문장과 문장이 어떻게 이어지는가, 왜 "아니, 아니, 아니, 아니, 아니"라고 같은 단어를 다섯 번 말하는가, 말하기 전에 웃는가 말이 끝나고 웃는가 말하면서 웃는가 웃느라 말을 제대로 못하는가, 어떤 말을 하려다 마는가. 병을 잡으면 마시고 총을 잡으면 쏘고 광기를 느끼면 소리 지르고 슬픔을 느끼면 눈물 흘리는 연기가 아니라, 보여주지 않거나 나올 뻔한 말을 잠깐 참아서 캐릭터를 만들어내는 방식에 반합니다.

별점에 대해 말을 꺼내놓고 아직 별점을 거론하지 못했군요. 별점이란 뭘까요. 그건 예술의 통계 혹은 보험이지 않을까요. 작품의 안전 수치 혹은 위험도처럼요. 별점은 유용하고 또 위험합니다. 10명 중 8명이 훌륭하다고 여기는 영화가 내게 수치스러울 확률과 10명 중 9명이 쓰레기라고 욕하는 영화가 내게 걸작이 될 경우의 수를 여전히 상정하고 싶고, 또 가끔 일어나면 좋겠습니다. 어떻게든 평범과 조금이라도 다르게 보이려 안간힘을 쓰는 워너비 힙스터처럼 보이겠지만, 네, 그런지도 모르겠습니다. 어떻게 스스로 바로 "아닙니다, 절대 아니죠"라고 확신하겠어요. 어떻게든 좀 달라 보이고 싶은 기운이 똬리를 틀었는지도 모르고, 그 녀석과 막 사이가 나쁘지 않은가봅니다. 아주 인정하긴 애매하고 심히 부정하긴 우스우니 그럴 수도 있죠, 라고 넘어가겠습니다.

    별점을 찾아보는 행위를 즐기지만 딱히 신뢰하지는 않습니다. 물론 저와 시각이 정반대인 평론가가 예전부터 기대하던 영화 시사회장에서 나오자마자 트윗 4개를 연달아 이어 써가며 칭송하면 '아, 어떡하지 당신 때문에 벌써 조금 싫어졌어' 하는 건 있죠. 잠깐 다른 이야기를 하면, 어떤 영화를 보든 3점에서 6점을 넘어가지 않는 평론가의 영화 보는 삶이란 더이상 좋은 음식을 먹을 수 없는 미식가의 삶과 비슷하지 않을까 생각합니다. 그에게는 고전 영화만이 7에서 10점을 차지할 자격을 갖췄죠. 새롭게 창안되는 요리는 다 싫은 요리 비평가의 고통도 이와 같을까요. 또 잠깐 다른 이야기를 하면, 포털사이트에 별점과 단평을 남기면 다시 사람들이 공감/비공감을 눌러주는데요. 그 광경을 너무 좋아합니다. 영화에 대한 개인의 별점에 대한 네티즌의 공감 비공감 수치라는 평가의 고리가 어렸을 때 실로 이어 벽에 붙인 [생]—[일]—[축]—[하]—[해] 카드처럼 끈끈하게 느껴집니다(생각해보니

이 '생일 축하해'도 직접 겪은 게 아닙니다. 할리우드 영화 속 회상용 홈비디오 장면에서 봤죠. 아무도 어린 저의 생일을 한 글자씩 매달아 축하해주지 않았습니다). 기왕 고리를 이어나가는 김에 1) 별점에 대한 2) 공감 비공감 수치에 대한 3) 만족도 버튼도 있으면 좋겠습니다.

별점란에서 인식의 오류를 일으키는 분들도 아낍니다. '인생의 영화'라며 별 한 개를 주거나 '이걸 보자던 친구와 싸웠다'며 별 다섯을 주는 사람들요. 인생 최악의 영화도 인생의 영화일 수 있고 원래 싫었던 친구와 절교해서 잘된 일 아니겠냐고 반문하면 별수없겠습니다만 별점의 세계란 믿지 않아도 이렇게 다채롭습니다.

킨키 지역의 와카야마에 갔습니다. 오사카에서 기차를 타고 4시간 남짓 해안선을 따라 돌아갑니다. 주의가 산만한 사람이 특별한 대비 없이 4시간 동안 서지 않는 기차를 타는 일만큼 무서운 게 또 있을까요. 앞으로 두 칸 전진하면 나오는 자판기에 4대 필수 영양소처럼 자리잡은 생수, 콜라, 커피, 주스를 하나씩 차례로 뽑아 마신 뒤에도 2시간 40분이 남았습니다. 와이파이가 작동하지 않고 여행길에 무슨 책을 읽겠냐며 책도 가지고 오지 않았으며 노트나 펜도 없었죠. 활자를 좋아하는 녀석이 읽을 수 없는 문자만 가득한 타국의 공간에 갇힌 꼴입니다. 애초에 자신이 포기했으니 '활자를 좋아하는 녀석'이라 말할 수 있는지도 의문입니다. 딱히 잠도 오지 않습니다. 머릿속으로 생각하며 문장을 띄워보는 대안이 있겠지만 머리가 나빠서 그마저도 힘겹습니다.

와카야마의 작은 섬에 묵을 예정이었기 때문에 기차에서 내려 선착장으로 가기 전에 "뭐라도 좀 먹자"라고 말해보았습니다. 그 말을 참 좋아합니다. 기차에서 내려 기차가 다시 떠나기 전에 가방을 고쳐 메면서 뭔가 먹어야겠다고 말하는 장면요. '금강산도

식후경'이라는 관용어를 좋아하지 않는데 아마 산행을 싫어해서 그럴 겁니다. 식전이든 식후든 산에 꼭 가야 할 필요가 있나 싶어서요. 맛있는 가게가 어디인지 정보가 하나도 없던 차였습니다. 분명히 기차를 타기 전까지는 기차 안에서 검색해보자고 생각했고, 기차에 올라서 와이파이가 안 된다는 걸 알았기 때문이죠.

　일본이든 한국 서울이든 접근성이 살짝 떨어지는 밥집에 갑니다. 그러면 평균 이상의 가게를 찾을 수 있어요. 대로변이나 역 앞 식당은 그 접근성이 장점이 되어 손님을 조금이라도 더 확보해주기 때문에 거리가 먼 가게에 비해 맛이 떨어지는 속도가 빠릅니다. 물론 그렇지 않은 가게도 있겠지만 저는 그때 와카야마에서 4시간 이동의 허기를 달랠 한끼를 찾아야 했으므로 자신만의 통계에 기대 움직일 수밖에 없었습니다. 너무 많은 정보를 외부에 노출하는 가게도 피합니다. 동네 사람들이 소박하게 식사하러 가는 곳에 '정식 세트 할인 980엔!' '신 콤보 출시!' '3~4시 맥주 무제한 제공!'이라고 현란한 입간판이 나부끼는 일 드물더라고요. 역에서 두세 블록 정도 떨어진, 바깥에는 메뉴 안내 정도

만 세워놓았는데 헐렁한 차림의 사람들이 약간 상기된 걸음으로 향하는 곳이라면 뒤따라 들어갔을 때 보통 후회하지 않습니다. 아, 그리고 도심에서는 대형 빌딩 지하 혹은 아케이드에 그 빌딩 사람들이 향하는 곳에 합류하면 무조건 흡족한 결과가 나옵니다. 거의 백이면 백 홈런입니다. 심지어 1위 가게가 줄이 너무 길어서 2위로 보이는 가게만 가도 맛이 무척 훌륭해서 '아니 이 맛으로 2위를 하면 서럽지 않나?' 생각합니다.

　다시 여행의 길로 돌아오겠습니다. 배가 고픈지 심심한지 알수 없는 무기력으로 헤맸습니다. 역에서 조금 떨어진 골목으로 접어들었을 때 적당해 보이는 가게를 찾았는데 메뉴판이 심하게 휘갈겨 쓴 손글씨투성이라 도통 무얼 파는 곳인지 추측할 수 없었어요. 그때 마침 한 손님이 메뉴를 읽지도 않고 익숙하게 문을 옆으로 밀었고, 이미 자리를 잡고 이것저것 먹는 사람들을 보았습니다. 그 장면을 보자마자 메뉴고 뭐고 저희도 그냥 따라 들어갔습니다. 여기다 싶었습니다. 들어가니 참치회를 주로 다루고, 참치덮밥이 점심에 가장 인기인 듯했습니다. 해산물덮밥이나 참치덮밥을 즐겨 먹지 않습니다. 늘 밥이 조금 남는데 왜 회와 밥을 딱 떨어지게 먹지 못하는지 의문이 드는 자신이 싫어서요. 그리고 점심 메뉴 구석에 '돈가스 정식(1100엔)'을 발견하고 갈팡질팡하기 시작했죠. 위에서 좋은 식당 찾기 기술처럼 떠벌린 항목 옆에 대표 메뉴를 먹어야 실망하는 일이 드물다는 자기 표어도 있거든요. 돈가스를 심하게 좋아하지만 구색 맞추는 용도라면 거절하겠습니다. 익히지 않은 요리를 주력으로 하는 곳에서 튀기는 고기와 기름이 좋아야 얼마나 좋겠습니까. 그때 또 때마침 한 아저씨가 드르륵 문을 열고 혼자 들어오면서 돈가스를 주문했습니다. 메뉴를 볼 필요 없는 단골이란 뜻이겠죠. 정말 일본영화의 불량한 인물처럼 공백 없이 (드르륵) "돈가스 하나, 맥주 하나"라고 바로 말했어요. 그 싸늘한 장면에 뜨겁게 고무되어 저도 시켰습니다. 고기를 기름에 튀기는 동안 한 팀이 또 돈가스를 시켜서 기대감이 마구 커졌죠. 적어도 사람들이 따뜻한 요리는 없냐고 하도 투덜거려서 억지로 만든 메뉴는 아니겠다 싶었습니다.

앞에 로스가스 하나 내어졌습니다. 두 가지가 특이했어요. 어정쩡하게 놓인 오이 슬라이스 세 조각과 다 다른 길이로 잘린 돈가스였습니다. 오이는 그냥 그러려니 했는데, 큰 돈가스를 여섯 조각으로 텅텅 큼지막하게 잘라놓은 모습이 불쾌했냐면 오히려 정반대였습니다. 이상한 박력 같은 게 느껴졌죠. 이 돈가스는 어떻게 대충 썰어도 맛있다는 자신감요. 손님들이 연달아 주문해서 더 그렇게 생각했는지도 모르겠습니다. 한입 크게 베어 물었습니다.

　단연코 최고의 돈가스였습니다. 충분히 기름지지만 입술에 기름이 묻어날 정도는 아니었고, 바닥 면이 축축하거나 하지도 않아 앞면과 뒷면의 상태가 동일했고, 고기가 부드럽지만 뭉개질 정도도 아니었으며, 절반을 이로 잘랐을 때 튀김옷과 고기가 따로 놀지도 않고 착 잘려 여전히 완벽한 절반이 되었습니다. 로스가스를 좋아하는 사람과 히레가스를 좋아하는 사람이 서로 다툴 때 로스파가 역전의 증거처럼 제출하면 히레파도 인정할 수밖에 없는 그런 맛이었습니다. 아마 또 찾을 여행지가 아니라는 생각에 더 과장된 기억으로 남았을지도 모릅니다만, 음식을 입에 넣었을

때 웃게 되는 일이 드문데 그때는 한입 한입 어허허 웃었습니다. 맛으로 누군가를 소리 내어 웃게 한다면 참 경지의 일입니다.

로스가스에서 고기 끄트머리 비계 부분을 중요하게 생각합니다. 그 지방의 영역이 너무 크거나 작지 않고, 녹듯 과하게 튀겨지지 않은 상태가 좋습니다. 그래서 로스가 나오면 젓가락으로 들어서 옆면을 잠깐 봅니다. 미식가처럼 살펴보고 둘러보고 수첩에 적고 하진 않지만 그래도 꼭 한번 봅니다. 옆면의 상태가 좋아 보이는 돈가스는 늘 괜찮았습니다. 사실 이게 맞는 이론인지 확인해보지 않았어요. 개인적인 의식입니다. "저는 늘 등심의 옆면 지방을 유심히 봅니다"라고 했을 때 전문 요리 비평가가 "그건 맛과 아무 상관 없어요"라고 해도 저 역시 그의 말이 아무 상관 없죠. 작은 풍습 내지는 축제 혹은 미신 같습니다. 개인 의식은 곧 이야기가 되어서 이렇게 자랑인 양 적을 수도 있고요. 스스로 그런 목록이 더 많았으면 합니다. 예를 들어, 아이스크림을 먹으면 좋은 일이 생긴다든지요. 작은 행운을 기대하며 어떤 아이스크림을 먹어야 더 좋은 일이 생길까 고르는 순간은 그 자체로 이미 좋은 시간입니다. 또 좋은 일이 생기지 않으면 어떻습니까. 징크스를 보호하기 위해 핑계 한번 만들면 되죠. "그건 아이스크림이 아니었어, 차가운 척하는 구슬 알갱이들이었지." 스스로 누구인지 잘 알 수 있는 길은 그렇게 자신에게 고립된 문장들에 존재한다고 믿습니다.

흐뭇한 표정으로 가게를 나섰습니다. 매일 점심과 저녁으로 기분 좋은 미각적 경험을 선사하는 요리사들은 인류 발전에 크게 기여한다는 과장된 생각을 하면서요. 돈가스는 어려서부터 자주 먹던 요리입니다. 단순히 생각하면 돼지고기를 기름에 튀기니 가게마다 요리마다 맛에 큰 차이가 있을까 싶은 음식인데, 이토록 큰 격차가 있고 심지어 새로운 맛을 낼 수도 있다는 사실이 놀랍습니다. 대단한 돈가스를 먹었으니 이제 앞으로 실망할 일만 남았을지도 모르지만, 최고의 돈가스를 뛰어넘는 돈가스 역시 또 어딘가 바닷가 생선회 전문점에 이렇게 숨어 있겠죠.

다시 별점 이야기를 합니다. 들어가기 전 가게 이름을 일본 맛집 랭킹 사이트인 타베로그에 검색해서 별점을 찾아보고 리뷰를 읽었다면 어땠을까요. 동네 사람들을 뒤따라 들어가 뒤따라 주문한 뒤 느닷없이 좋은 요리를 먹는 경험을 했을까요. 혹은 혹평과 낮은 별점에 돌아섰을까요. 혹은 '이 집에서는 반드시 참치덮밥'이라는 구글 자동 번역을 보고 대표 메뉴를 시켰을까요. 정보의 습득이나 별점 체계를 배제하진 않습니다. 다만 뭐든 번갈아 일어나면 좋겠습니다. 치밀하게 알아보고 성공하거나 실패하는 일 뒤에는 아무런 계획 없이 성공하거나 실패하는 일이 뒤섞였으면 해요. 공식처럼 분석적인 결과를 이끌어낼 때도 있지만, 하나의 사건처럼 제 앞에 쿵 하고 떨어지는 일들이 절 뒤흔들었으면 합니다. 예고편을 끝도 없이 반복해 보고 거대한 기대감으로 영화관을 찾는 때가 있다면, 또 어떤 때에는 누가 출연하는지 줄거리는 무엇인지도 잘 모른 채 앉아 이어질 두 시간이 저를 포용하거나 짓눌렀으면 합니다. 그리고 그 모든 순환이 다시 말이 되어 사람들 사이를 돌고 돌아 "있잖아, 그건 네가 기차를 오래 지루하게 타서 너무 배가 고파진 탓이야. 내가 전에 굶주린 채 갔던 식당을 이번에 다시 가봤는데……"라고 긴 핀잔도 듣게 되길 바랍니다. 더 산만하고 더 불분명했으면 합니다. '이 사람의 캐릭터는 이렇다'라고 바로 알아채지 못하는 사람이길 바랍니다. 줏대 없고 나약해 보일지 모르지만 고집과 불통으로 입을 다물고 앉아 언어가 필요한 사람들에게 상처 주기보다 이랬다저랬다 생각을 꺼내어 들고 "죄송합니다, 그때는 그렇게 생각했는데 지금은 변했어요"라고 바뀐 나 자신과 그 시간을 인정하길 바랍니다. 가장 좋아하는 요리인 돈가스를 먹는 나를 통해 까다로운 자신과 엉망인 자신을 동시에 발견합니다.

여담입니다만 그 가게 '이치린'은 타베로그에서 꽤 별점이 높더군요. 별점에 대해 내내 이러쿵저러쿵 이야기를 하더니 높은 별점에 그만 '역시!' 하고 웃었습니다. 사실은 별점 신봉자인지도 모르겠습니다.

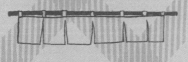

― 돈가스 돈키 ―

とんかつ とんき

1 Chome-1-2 Shimomeguro, Meguro-ku, Tokyo

석석석

앞서 두 편이 그랬으니 이 사람 또 별점이니 개인의 영역이니 딴소리부터 시작하겠지 하는 짐작들을 뒤집어보고자 이번에는 바로 돈가스 이야기부터 하겠습니다.

메구로의 '돈키'에서는 1층에서, 배고픈 와중에 차례를 기다려서 먹어야 좋습니다. 그곳은 2중의 극장입니다. 중앙 무대에 조리사들이, 카운터 자리에 식사하는 손님들이 앉아 있고, 가장 바깥에 대기중인 사람들이 이들을 둘러싸고 앉습니다. 때문에 차례를 기다릴 때는 저 앞에서 공격적으로 식사중인, 이곳에 먼저 도착한(위대한) 사람들의 갖가지 표정과 반응을 관람합니다. 공간에 음악을 틀어놓지도 않고 끼리끼리 대화도 많지 않아서 만드는 소리와 먹는 소리만 주로 들립니다.

손님을 호명하는 소리,

주문하는 소리,

주문을 받으며 반복하는 소리,

접시를 꺼낼 때 같은 모양의 접시끼리 부딪치는 소리,

고기에 튀김옷을 입히는 소리,

끓는 기름에 넣는 소리,

칼로 써는 소리,

돈가스가 담긴 접시를 받아 내려놓는 소리,

장국을 마시는 소리,

맥주를 마시는 소리,

대화를 마시는 소리,

양배추를 더 요청하는 소리,

돈가스를 한입 밥을 한입 함께 넣고 우적우적 씹는 소리.

자리를 지정받기 전 시각과 청각으로 이미 이 가게를 경험한 셈입니다. 대기하면서 본 장면이 '종합 요식 쇼'였다면 자리에 앉아 보는 광경은 '돈가스의 길: 조리의 비밀' 편입니다. 아홉 명 되는 인원이 오픈 키친에서 바삐 움직입니다. 주방이 1층 공간 거의 절반을 차지하죠. 요리사가 비좁은 공간의 한계 속에 자신을 짜내어 움직이는 방식이 아니라, 요리사에게 적당한 공간이 약속될 때 비로소 최상의 맛이 나온다고, 공간의 설정으로 주장합니다.

일반적인 돈가스보다 저온에 오래 튀기기 때문에 요리가 나오기까지 20분이 걸립니다. 그 시간 동안 앉아서 조리사의 일과를 구경하다 마지막 5분에 다다르면 좀 힘겹습니다. '좋아, 아홉 명의 역할도 다 파악했고 얼마나 프로페셔널하게 움직이는지도 알았고 극적인 재미가 있어서 좋은데 제발 지금 자르는 돈가스 저 주시면 안 될까요?'라고, 혼잣말로 시작해서 질문으로 끝나는 말만 머릿속에 빙빙 돕니다.

돈키는 여러모로 제멋대로입니다. 대기 공간과 식사 공간을 분리하지 않아서 더 허기지도록 만들고(가게 밖에서 대기하는 곳은 입장이 곧 주문 가능함을 의미하지만 돈키에서는 입장도 대기의 연장이죠), 천천히 오래 튀겨서 20분 더 걸리고, 돈가스를 가로로 한 번 세로로 여러 번 잘라 한입 크기로 내는데 튀김옷과 고기가 따로 놀고, 장국도 비교적 무거운 돼지고기 미소국이고, 양배추 채 옆에 바로 돈가스를 얹어줘 받자마자 '이 물기의 공격을 어떻게 막지? 이 과격한 세팅이 뭘까' 생각합니다. 그 모든 설정이 문제점이 아닌 이유는 철저하게 제멋대로이기 때문입니다. 최선을 다해 제멋대로입니다. 스스로 정한 방식들, 그러니까 흔들리지 않고 제멋을 고수해서 이 공간에서만큼은 제멋이 곧 멋이 되게 만듭니다.

판단의 순서는 아마 이렇지 않았을까요.

1) 돼지고기를 저온에 오래 튀긴다. 마무리는 고온에서 한다.

2) 오래 튀기는 법을 택했기에 재료에서 수분이 빠져나가 튀김옷과 고기가 서로 떨어진다.

3) 그 상태에서 일반적인 방법대로 세로로만 자른다면 손님들이 잘라 먹다가 (튀김옷과 분리된) 고기가 이리 튀고 저리 튈 테니 가로로도 한 번 자른다.

4) 가로로 정확히 절반을 잘라서 그릇에 펼쳐 올리면 분명히 자른 수박처럼 바깥쪽을 향해 데굴데굴할 테니 앞쪽을 작게 썰고 더 긴 뒤쪽을 양배추 채 더미에 걸쳐 (적어도 서빙할 때까지는) 높이 차로 인해 서로 붙어 있게끔 한다.

5) 튀김옷이 수분에 강해진 상태이니 철망 없이 바로 양배추에 닿아도 큰 문제가 없다. 철망은 고온에 빨리빨리 튀기는 집에서나 쓰는 잔재주다(강한 캐릭터를 위해 쓸데없는 비난조를 덧붙여보았습니다. 허구입니다). 내어줄 때 자신감의 증명처럼 소스를 튀김 위에 조금 부어준다. '보세요, ㄲ떡없죠?' 이곳은 돈가스카레에 최적인 튀김옷을 만들어놓고 메뉴에 돈가스카레가 없는 박력 넘치는 곳이니까.

디귿 자 카운터 자리를 세 사람이 한 변씩 책임지고 관리하는 체계도 멋집니다. '양배추를 조금 더 달라고 할까'라고 생각할 때

쯤 어느새 양배추 용기를 들고 와 "더 드릴까요?"라고 먼저 말합니다. 밥이 한 젓가락 남았을 때 "밥 더 어떻습니까?"라고 물어 약간 무서웠어요. 잠깐만요, 저도 아직 제 마음을 모르겠다고요. 손님의 주문 순서와 종류를 어디 적지도 않고 전부 완벽하게 외운다는 점도 아니, 왜 그렇게까지 장인이라는 단어에 부합하는 세계로 모두를 밀어넣어야 하나 싶습니다. 두 명이 연달아 주문 순서를 틀리는 날, 다 같이 모여서 중대한 전통이 무너졌다며 이

제 우린 끝났어 속상해하는 장면을 상상했습니다. 과도하게 높은 기준에 자신을 몰아넣고 견디는 나를 훌륭한 나로 여깁니다. 간혹 다큐멘터리에서 몇백 년 된 가게를 소개하며 '6대째 이어져 오는'이라 말할 때 경외감에 한가득 압도되지만, 6대라면 그 여섯 중 누군가는 자신의 인생을 납작하게 눌러 태워버리지 않았을까 동시에 걱정합니다. 4대째 우동 명인이 5대째 자식에게 가게를 넘겨주며 고백하는 거죠.

"나 사실 우동을 진짜 싫어해."

"에?"

"아, 말하니까 살겠다. 그럼 난 라멘 먹으러 간다. 넌 그래도 우동 꽤 좋아하더라. 수고해."

아무래도 추상적인 가치에 자신을 내맡기지 못하겠습니다. 근시안적입니다. 위대한 무엇을 위해 헌신한 적 없고 희생한 적 없습니다. 집단적인 선의보다 개인적인 욕심에 움직입니다. 자신만을 생각하는 사람들이 만나 서로 가식을 섞어 이야기하는 시간을 좋아합니다. 적당히 예의를 갖추고 적절히 숨깁니다. '감정을 다 쏟아내는 나 = 솔직한 나 = 착한 나'라는 괴공식이 성립하지 않는 세상에 살고 싶습니다.

에디터로 일하는 대학 후배가 인터뷰하러 왔습니다. 졸업 후 수년 만에 처음 보는 자리였고 존댓말로 인사했습니다. 그가 "웬 존댓말이에요?" 물어서 일을 시작한 뒤 일하는 사람과는 무조건 높임말을 쓴다고 답했습니다. 그때 예상했던 후속 답변은 아래와 같았습니다.

1) 에이 그래도 선후밴데 어색하네요.
2) 못 본 사이에 더 이상해졌군요.
3) 그냥 옛날처럼 하세요.

예상을 비웃듯 그는 "좋네요"라고 짧게 받아치고 문답을 시작했습니다. 어떤 대답이 돌아왔든 계속 높임말을 썼을 테지만, 그가 사양하리라 짐작한 자신이 우스웠습니다. 정작 전에 가지고 있던 좁쌀만한 위계에 기댄 쪽은 저였으니까요. 균형을 맞추면 상대가 불편해할지도 모른다니 꼴사나운 넘겨짚기입니다. 마음의 불량 섹터인데, 발견할 때마다 조금씩조금씩 복구 프로그램을 돌리고 있습니다.

돈키의 왕은 쌀밥입니다. 마이센은 공간이 매력적이라는 둥 돈가스 책에서 자꾸 다른 요소를 치켜세워도 되나 싶지만 그래도 돈키의 왕은 밥입니다. 솥으로 지은 밥을 한 젓가락 입에 넣었을

때 "아, 이게 뭐야"라고 말했습니다. 진심이었습니다. 잘 모르는 맛이었거든요. 육즙과 함께 부드러운 상태가 아닌, 고기의 질감을 보다 중요시하는 돈가스의 단점을 반질반질한 밥이 부드럽게 보완합니다. 돈키는 "돈가스는 일품이었지만 무엇무엇이 그걸 깎아 먹었다"라고 말하게 되는 가게가 아니라 공간, 태도, 분업, 분위기, 따뜻한 물수건, 차, 돈가스, 양배추, 브로콜리, 토마토, 겨자 소스, 돈가스소스, 찬, 밥의 균형을 놀랍도록 둥글게 맞춰 돈키라는 가게의 덩어리로 응축됩니다. 머릿속에 굉장한 감각으로 남은 영화 음악을 음반으로 따로 들을 때 그 감흥에 이르지 못하는 경우가 많았어요. 그 음향이 시각에 붙어 만들어낸 마찰열에 반했기 때문이 아닐까요. '영화관이라는 공간+거대 스크린이라는 시각+3D가 발명되기 훨씬 전부터 앞으로 튀어나와 영화를 입체로 만들어주었던 음향과 음악'의 조합에서 떨어져 나왔을 때, 단출한 나의 환경에서 음악은 전혀 다른 역할을 맡습니다. 돈키의 돈가스 역시 이 덩어리에서 빠져나와 포장해 먹으면 어떤 가게보다도 맛이 낙하하는 정도가 심하겠죠. 따그락— 따그락— 휙— 휙— 오, 멋진데! 근데 저기서 저 동작은 굳이 왜 하는 거지?

싶은 철판구이식 과장된 퍼포먼스 없이도 돈키는 공장형 혹은 극장형 체험을 선사합니다.

글을 쓰고 편집하고 책으로 만들어 누군가가 읽는 과정에는 유독 다면적인 요소가 없습니다. 극장이 되지 않고 환호에 둘러싸이지 않습니다. 한번 봤으면 좋겠습니다, 환호요. 어떤 시인이 대단한 시를 하나 읽으면 감탄과 환호성, 박수갈채가 자연스레 터져나오는 장면을 상상해봤습니다. '북콘서트'라는 어휘가 가진 한계와는 다른 장면들입니다. 퇴장하면 다시 나타날 때까지 앙코르를 외치고 재등장하는 그런 순간들이 글과 문장과 책 사이에 가능하다면 어땠을까요.

책을 읽을 때 인쇄된 종이를 엄지와 검지로 비비며 만집니다. 낱장과 낱장이 늘 무섭게 선고합니다. 글이 가득 인쇄된 종이와 빈 백지의 두께, 무게가 크게 다르지 않다고 말합니다. 종이에 잉크가 스밀 때 약간이라도 도돌도돌 솟아올랐다면 조금 더 빠르게 만족했겠죠. 입체로 튀어나온 글자와 문장에 조금 덜 불안했겠죠. 후가공이 추가된 인쇄물에 혹 빠지는 이유도 그 때문일까요. 아무리 써도 싸늘히 납작한 평면에 기술적인 두께를 부여하니까요. 얇고 균등해서 가끔은 무섭기도 한 종이에 굴곡과 광택을 만들어주니까요.

그 건조함에 자꾸 매료됩니다. 글을 써서 낱장이 지닌 허무와 공포에 맞서는 게 아니라 끌려 들어갑니다. "왜 글을 쓰는가? 왜 책을 만드는가?"의 답을 찾기 위해 쓰고 만드는 게 아니라 대답을 더 유예하기 위해 쓰고 만듭니다. 확신하기보다 의심하기 위해 쓰고 만듭니다. 세계를 확립하기보다 초조하게 세계를 비우기 위해 씁니다. 누군가가 "빈칸을 채워보세요. 인생은, ○○다"라고 묻는다면 그건 이미 완벽한 문장입니다. 그 빈칸을 정의하지 않고 그대로 두겠습니다. 밑줄 하나 그어서 '인생은 ○_○다'라고 이모티콘을 만들며 장난칠 수도 있겠지만요.

이런저런 생각을 하며 돈가스 극장, 아니 돈키를 나섰습니다. 돈가스를 먹을 때 말과 이야기가 유독 머릿속에 달라붙습니다.

돈가스가 앞에 이렇게 나오기까지 거쳐온 판단들을 관찰하고 판단합니다. 사적으로 내린 어쭙잖은 비평의 말들은 또다른 말들과 또다른 돈가스 한 그릇을 불러옵니다.

"얼마 전에 돈키에 다녀왔는데요. 극장형……"

"아, 거기 너무 치킨 같더라고요."

"치킨요?"

"튀김옷 상태가 통닭튀김 같아요. 그리고 고기가 너무 동떨어지다보니까 처음 받았을 때는 김이 날 정도인데 빨리 식어서 후반부가 영 맛이 없어요. 독자적인 방법만 찾다가 산으로 갔달까요."

"아니 산으로 가는 돈가스도 하나 있으면 좋지 뭘…… 다 바다로 갈 수 있나……"

"네?"

"아니에요. 나중에 다시 한번 가볼까봐요."

"거기 말고 츠키지 시장 근처 '카츠헤이'에 가세요. 돈키에서 정식 하나 먹을 돈으로 두 사람이 돈가스카레를 먹고 나와서

UCC 캔커피 하나씩 마실 수 있다니까요!"

이런 대화들요.

참, 이 글의 제목 '석석석'은 예상하시겠지만 돈가스 자르는 소리입니다. 끓는 기름에서 막 꺼낸 로스가스를 석석석석석 혹은 석석석 뜨거우니까 잠깐 쉬고 서서석 잘라 그릇에 올립니다. 튀김옷 속에 숨어 알 수 없는 상태였던 고기를 이제야 볼 수 있습니다. 알맞게 튀겨졌길 기대하며 괜히 고쳐 앉습니다. 어떤 가게에서는 대성공, 어떤 가게에서는 몹쓸 고기를 주었다며 투덜거리며 나옵니다. 그럼 또 어디를 가볼까요?

— 신후지 본점 —

新富士本店

2 Chome-3-5 Senbonminami, Nishinari-ku, Osaka-shi, Osaka-fu

춤추는 B세트

마이센 편에서도 이야기했지만 손목이 무척 가늘어요. 스스로 좀 심하지 않나 싶을 때도 있습니다. 너무 쉽게 핏줄이 다 드러나 보이는데 어렸을 때부터 그걸 싫어했습니다. 노트북으로 이 글을 쓰는 지금도 손등으로 드러나는 손뼈가 고달프게 계속 눈에 들어옵니다. 키순으로 초등학생 시절 앞에서 아홉번째였다가 중학생 시절 뒤에서 아홉번째가 될 정도로 순식간에 컸는데요, 그때 의사 선생님 말에 따르면 다른 부분들, 지방이나 장기가 뼈 자라는 속도를 따라오지 못해서 뼈에 비해 부실하다고 합니다. 성인이 되어 다른 의사에게 물어보니 "그냥 겁준 것 같은데요?"라는 답만 돌아왔지만, "뼈가 이렇게 빨리 자라는데 폐가 그 속도로 자라겠니? 천만에! 그러니까 네가 담배를 피우면 어떻게 된다?" 라는 말이 마음에 경전처럼 남아서 평생 담배를 입에 물어보지도 않았습니다. 처음 가까워진 대학 동기가 저에게 담배를 피우지 않느냐고 물어보면 저 이야기를 민담처럼 들려주곤 했습니다. 과장 같겠지만 "어떻게 된다?" 부분에서 의사 선생님 머리 뒤로 콰광―하고 섬광이 보였단 말입니다. 정말이에요. 사실 그는 길을 걸으며 담배를 피우는 사람들에 질려 한 명이라도 흡연자를 줄이자는 사명을 스스로 부여했을 뿐일 수도 있겠죠.

중학생 때 절 괴롭히던 아이들이 있었습니다. 어른에게 토로할 정도로 괴롭힘을 당하지는 않았지만, 그렇다고 사이좋게 어울리지도 못했습니다. 그 사이쯤에 있었습니다. 물론 작정하고 괴롭혔는데 애써 외면했거나, 반대로 나름 어울리며 지냈는데 약한 모습만 기억하는지도 모르겠습니다. 하지만 분명 몇몇은 심했어요. 기억력이 워낙 나쁜데도 어떤 날들은 지독하게 머릿속에 남아 있습니다. 혼자 멍하니 있던 점심시간에 뒷자리의 세 녀석이 제가 너무 말랐다고 빈정거리기 시작했어요. 집단의 시선에는 혼자 멍하게 있는 행동부터 문제로 비친다는 걸 그땐 몰랐습니다. 그럴 때면 특별히 대꾸하지 않았는데 그들은 그 '무응답의 태도'를 견디지 못했습니다. 다시 한번 놀릴 실언을 바라곤 하죠. 당황해서 "햄을 조금 먹어서 그래"라고 이상한 말을 하면 깔보는 수준을 더 높일 수 있으니까요. 그 아이들은 어떤 형태로든 응답을 들어야겠다고 생각했나봅니다. 제 팔이 너무 가늘고 얇다고 시비를 걸다가 제가 다른 사람들보다 팔이 유독 더 바깥쪽으로 꺾인다는 사실을 발견했습니다. 팔꿈치가 다른 사람들보다 더 돌아가는 거죠. 세 명 중에 늘 대장 노릇을 하던 녀석이 "얼마나 꺾이는지 보자"라고 했습니다. 그러곤 실제로 그렇게 했습니다. 아직까지 상처로 남아 있는 말은 어디 얼마나 꺾이는지 알아보자는 제안이 아니라 곧 이어진 "부러질 것 같으면 말해" 쪽이었습니다. 혹시라도 부러지면 제때 말하지 않은 제 탓이라는 말처럼 들렸거든요. 너무 아픈 순간에 그만두라고 화를 냈고, 그들은 장난이라며 바로 물러섰습니다. 이 사람은 어디까지 용납하는가, 무서운 학습을 반복하며 자극을 조금씩 늘려가거나 정확히 한계 직전에 물러서는 식으로 위계질서를 만들고 그 정점에 서려는 학생들의 패턴이죠.

이날을 이야기하려는 게 아니었습니다. 다음해에 대장 녀석과 다른 반이 되었습니다. 물론 그 반에는 갈 일이 생겨도 잘 가지 않았죠. 다른 학생들의 대장이지 제 대장은 아니었으니까요. 다른 길로 돌아가고 그랬습니다. 학교 건물의 다른 길이라고 해봤자 뻔합니다만. 그러다 어쩌다 화장실에서 마주쳤는데 혹시 괴롭히는 사람이 있으면 손봐줄 테니 말하라고 으쓱거렸어요. 그러곤 "우린 친구니까 그 정도는 해줄 수 있다"라고 했습니다. 그는 진심이었습니다. 그 순간 저는 인간에 대한 믿음을 절반 정도 잃었습니다.

언어는 너무나 잔인한 도구입니다. 아, 중학생이던 그날 '언어는 너무 잔인한 도구로군' 생각한 건 아니고요. 지금 돌이켜보면 그렇습니다. 누군가를 감동시킨 어휘와 문장 그대로 누군가를 경멸케 할 수도 있습니다. "우린 친구잖아"라는 절절한 선언 앞에 '태초부터 친구 아니니까 거 볼일 보고 갈 길 마저 가세요' 말하지 못한 자신에게 치를 떨 수도 있습니다. 스스로 능동적으로 단어를 골라 사용하는 동시에 평생 지나온 언어에 완벽하게 통제되는 겁니다. 막강한 힘에 홀려 지금도 한 글자씩 보태고 있지만, 매료되었는지 두려워하는지 자주 헷갈립니다. 그래서 언어가 필요 없는 관계가 주는 해방감도 종종 필요합니다. 말하지 않아도 아는 관계가 아닌, 아예 말이 배제되는 관계요. 다른 글에서는 대화를 불러오는 순간이 좋다더니 이랬다저랬다 하네요? 예, 맞아요. 대화의 순간이 소중하듯 침묵의 순간도 꼭 필요합니다. 서로 충돌하지만 저에겐 순리입니다. 그렇게 말이 배제되는 때를 생각합니다. 예를 들면 좋은 돈가스를 담은 그릇이 앞에 놓이고 한입 베어 문 뒤 맛에 대해 생각하기 직전까지의 순간요. 저 요리사의 정체를 모르고 저 요리사 역시 제가 어떤 사람인지 모른 채 돈가스 한입마다 머릿속으로 서로 하이파이브를 합니다. 어떤 사람이 최선을 다해 요리한 음식을 최선을 다해 먹으며 즐거워할 때 '끼니를 그저 끼니로 때우지 않았다'는 감흥이 찾아듭니다.

오사카에서 열리는 북페어에 참여했을 때 일입니다. 행사는 CCO Creative Center Osaka라는 공간에서 열렸는데요. 강력한 이름치고 약자로 줄여 부르면 '꼬―'라는 사실이 귀여웠습니다. 바다로 이어지는 강가 조선소 부지를 쓰는 3층짜리 건물이었어요. 책을 사고팔다 잠깐 쉴 겸 캔커피를 뽑아 창가에 앉았습니다. 건물 앞 야외 공간에서 다른 행사가 열리고 있었어요(나중에 찾아보니 'OSAKA SPRING DANCE FESTIVAL'이라는 행사였습니다). 바라본 쪽에 자신의 차례를 기다리며 무대 바깥에서 춤 연습을 하는 어떤 팀이 있었습니다. 대단하다고 생각했습니다. 대단했어요. 멀리 떨어져 있었기 때문에 음악이 전혀 들리지 않고 율동만 보였는데 그것만으로 압도되었습니다. 서로 눈치라곤 보지 않고 자신의 동작만을 완성하는데도 합이 딱딱 맞았습니다. 정말 멋있다고 생각했습니다. 방금 대단했다고 말하고 또 곧바로 멋있다고 강조하는 건 좋은 반복이 아니지만 그만큼 멋졌습니다. 내친김에 한번 더 말할 수도 있어요. 정말정말 멋있다고 생각하며 계속 보았습니다. 평생 느낄 수 없는 기운과 희열이겠죠. 어떤 음악에 맞춰 이 흐름에서 손을 이렇게 함께 뻗는 게 아름답겠다고 판단하고 그렇게 완성합니다. 춤 혹은 무용에는 어떤 매체를 빌리지 않고 스스로 매체가 되는 감동이 있습니다.

CCO, 혹은 크리에이티브 센터 오사카, 혹은 꼬에서 조선소 길을 따라 25분 정도 걸어가면 '신후지 본점新富士本店'이라는 돈가스 집이 나옵니다. 마지막 5분 정도 한적한 주택가에 접어들어 이 길이 맞나, 구글 지도보다 자신의 직감을 믿게 되는 어리석은 시점에 굉장히 고소한 냄새가 나 웃으며 거의 다 왔구나 알아챘습니다. 튀김 기름 냄새라기엔 유독 더 달콤했어요. 구글 지도가 가리키는 방향으로 걸을수록 금맥 탐지기처럼 냄새가 더 고소해졌습니다. 맛있는 돈가스에 가까워질수록 삐ㅡ삐ㅡ삐ㅡ 탐지 음이 커지는 거죠. 가게에 들어선 시간은 오전 11시 30분, 아직 손님이 아무도 없었어요. 주방장이 인사하며 벌떡 일어나 자신이 앉아 있던 자리에 앉으라 권하는 게 신기했습니다. 사장이나 직원이 좋아하는 자리를 보통 최후에 안내하지 않던가요. 바 자리 끝이었는데요. 권하니까 또 사양하기 그래서 앉았습니다. 아니면 '이 자리는 빼고 고르십시오'라는 제스처였는데 냉큼 앉아버린

건지도 모르겠습니다. 그랬다면 죄송해요. 점심 B세트(1080엔)를 시키자 아무도 없던 주방으로 주방장이 들어가고, 어디선가 가게 사람들이 나타나 좁디좁은 주방에 세 명이 위치했습니다. 그게 또 한번 신기했어요. 주방장이 "어이, 손님이다" 외치지 않았거든요. 각자 어딘가에서 쉬다가 아무 말 없어도 기름 끓는 소리가 나면 한 명씩 등장하는 룰일까요. 이런저런 망상을 하며 기다리다가 자리 앞 책장이 눈에 들어왔습니다. 여러 서류가 산만하게 순서라곤 없이 꽂혀 있었어요. '아, 나랑 똑같은 사장님이군' 생각했습니다. 책방 제 책상도 꼭 그렇거든요. 서류 사이에 비스듬히 빠져나온 달력이 보였습니다. 도시의 인기 많은 가게 달력에는 날마다 들어올 재료, 직원 근무 일정, 단체 예약 일자 같은 내용이 빼곡히 쓰여 있죠. 여기도 그럴까 싶어 목을 달력 비스듬한 각도로 꺾어보았습니다. 웬걸, 다른 날은 다 비어 있고 곧 휴가를 가시는지 쉬는 날 표시만 빨간 글씨로 연달아 쾅쾅 적혀 있었습니다. 휴무, 휴무, 휴무! 쉬는 날을 고대하며, 그 개인적인 달력을 볼 수도 있는 자리에 대뜸 앉으라 권하는 주방장이라⋯⋯ 규율과 위엄 넘치는 가게에서 돈가스를 열심히 먹고 나오다 이런 곳에 오니 직원과 손님의 경계가 흐물흐물해지면서 생각도 산만해졌습니다.

춤추는 거 말인데요. 네, B세트를 기다리면서 춤 생각을 했습니다. 그룹 샤이니의 춤을 좋아합니다. 〈Sherlock·셜록(Clue +Note)〉에서 "Oh i'm curious yeah"를 부르며 앞으로 경중거리는 안무를 가장 좋아합니다. '경중거리다'는 긴 다리를 모으고 힘있게 계속 솟구쳐 뛴다는 뜻인데, 이 동작을 위해 존재하는 말 같습니다. 이 잘생긴 사람들이 대단히 똑부러지는 춤을 추다가 갑자기 팔짱을 끼고 무대 앞쪽으로 껑충껑충 뛰어나오는데 안 좋

아하려야 안 좋아할 수가 없죠. 샤이니의 춤은 '사진'이라는 가사에서 손가락으로 프레임을 만든다든가 소리가 들리지 않는다는 부분에서는 귀를 막는다든가 하며 가사를 직접 표현합니다. 그들도 그 방식이 다소 구식이라는 걸 알겠죠. 그런데 팔짱을 낀 채 펄쩍 뛰어오더니("Oh i'm curious yeah") 팔을 풀어 프레임을 만든 뒤("사진 속") 손가락을 곧게 뻗어 관객을 가리키는데("네가") 그 연결이 강력해서 가사를 그대로 표현하든 말든 상관이 없습니다. 상관이 없어집니다. 그런 순간을 좋아합니다. 일반적인 편견에 기대거나 말거나 자신들의 힘으로 밀어붙여 새로운 판단의 세계로 들어가는 때요. 손가락으로 사각형을 만들어 사진 프레임을 표현하는 건 촌스럽지 않나? 아뇨, 그렇게 생각할 겨를이 없습니다.

이야기를 만드는 일 역시 비슷합니다. 이 표현은 정말 진부한가, 진부하다는 생각은 어디에서 오는가, 생각의 단계를 아주 조금만 바꿔도 나의 문장이 되지 않을까 고민하는 사람이 세상 모든 클리셰를 걷어내려 아등바등하는 사람보다 새로운 이야기에 접근할 수 있습니다. 예술이라는 단어는 괄호 바깥을 벗어나면 굉장히 이상해지죠. '자, 예술적인 이야기를 만들어보자'라는 계기로 시작한 이야기는 나만의 길을 만드는 게 아니라 길을 잃어버리지 않던가요. 그렇다고 길을 잃는 모습을 보여주려는 것도 아니고요. 세상에 존재한 적 없는 길을 만들겠다며 길을 지워버리고 주저앉은 이야기를 많이 봤습니다. 샤이니의 안무는 너무나 그들만의 길입니다. 어떤 부분에서 잠깐 뜨악할 수 있지만 전체적으로 훌륭한 연결 고리가 됩니다. '센터'가 누구인지 명확하게 알 수 없도록 각자 다른 강약을 가지고 리듬에서 멀어지다 다시 박자를 따르는 동작들을 보다보면 다시 그 모든 것들의 전제인 노래가 좋아지죠. 멋진 회전입니다.

'샤이니 노래 중에 또 좋아하는 곡이 뭐였지? 아, 〈Spoiler〉였지' 생각할 때쯤 B세트가 나왔습니다. 둥그런 접시 12시 쪽부터 시계 방향으로 샐러드, 스파게티, 돈가스, 새우튀김, 함박스테이크가 담겼습니다. 밥과 된장국은 따로 받았습니다. 데미글라스 소스가 양껏 뿌려져 그릇 바닥으로 흐르고 있고, 새우튀김이 댐 혹은 파티션이 되어 함박스테이크 소스와 돈가스소스를 구분하고 있습니다. 정체불명의 구성인데 어쩐지 마음은 유년기의 서양식을 만난 듯했습니다. 쌀밥이 있고 된장국이 있고 돈가스가 있어서 양식이라기엔 꽤 복잡하지만 지금도 그 느낌은 변하지 않습니다. 돈가스, 함박, 새우튀김, 스파게티, 샐러드 순으로 한입씩 먹어봤습니다. 좋아하는 순서입니다. 새우튀김은 요리의 구성이나 색의 조화로는 훌륭했지만 맛이 참 평이했습니다. 한입먹을 때마다 적당한 새우를, 깔끔하게, 튀겼구나 이상의 생각이 들지 않는달까요. 함박스테이크가 제일 뛰어났습니다. 살짝 그을린 겉면을 젓가락으로 가르면 뜨거운 열이 올라오면서 육즙이 데미글라스 소스에 흘러듭니다. 다진 고기와 재료가 눈으로 구분이 될 정도로 큼직한 편이었습니다. 촘촘한 덩어리가 아닌 약점이 있지만 야채가 완전히 갈려 있지 않아 아삭한 식감을 더하죠. 계속 함박 이야기만 하는군요. 실은 이 집에서 더 유명한 요리는 폭찹입니다. 폭찹이 유명한 돈가스집에서 함박스테이크가 더 낫다니 오리무중 가게로군요. 방문 전 인터넷에서 폭찹 사진을 보고 숨겨지지 않는 내공에 반했지만, 대식가는 아니어서 B세

트로 만족해야 했습니다. 여러 요리를 작게 내어 세트를 만들 때 함박은 아무리 작아도 공 같은 구조가 맛을 지켜주지만, 돈가스는 작아질 때 맛의 하락 폭이 더 큰가봅니다. 각자 대단한 요리라기보다 B세트라는 요리를 완성하는 부분인 거죠. 재밌는 포인트는 케첩 맛이 나는 스파게티였습니다. 어쩌면 함박스테이크보다 몇 젓가락을 위한 저 스파게티가 더 양식의 뉘앙스를 주는지도요. 케첩 간이 옅게 밴, 차가운 스파게티였어요. 덕분에 뜨거운+고기+소스의 조합이 혀를 무겁게 끌어내릴 때 중간중간 귀여운맛이 스몄습니다. 샤이니의 경중 춤 같은 효과인가 생각하다가너무 억지로 이어 붙이지 말자고 다짐했습니다.

　절반 정도 먹었을 때 동네 주민인 듯한 할아버지가 들어와 세트가 아닌 돈가스 단품을 주문했습니다. 역시 자주 오는 사람은지혜로워요. 약간씩 후퇴하는 세트 요리보다 제자리를 지키는단품을 시키는 거죠. 돈가스 단품을 먹어보지 못해 마음대로 하는 짐작이니 섣불리 넘겨짚지 말자고 생각할 때쯤 전화로 돈가스 네 개 주문이 더 들어왔습니다. 곧 도착할 테니 미리 만들어주

십사 하는 전화였어요. 관광객은 B세트 하나, 주민은 돈가스 다섯 접시, 관광객의 완패입니다.

마이센 편에서 뷔페에 잘 가지 못한다고 고백했죠. 먹는 양이 적어서 두세 그릇으로 끝내기 때문이기도 하지만 어떻게 하면 한 접시에 제각각 요리들을 서로 방해하지 않고 방해받지 않도록 예쁘게 담을 수 있을까 고민하는 바람에 더 그렇습니다. 뷔페에서 하기엔 가장 쓸데없는 고민이죠. 십대 때 친척끼리 간 뷔페에서 제 접시를 본 숙모가 "참 예쁘게도 담았다"라고 '넌 참 쓸데없는 걸 신경 쓰는구나' 하는 표정으로 말할 때부터 주욱 그래왔습니다. 초밥의 밥알 사이로 탕수육 소스가 흘러들면 이번 접시는 망했다고 깨작거리며 먹었던 기억입니다. 원 플레이트 요리는 시작부터 단점이 많습니다. 요리 온도가 달라 서로 영향을 미치기도 할 테고 또 소스나 국물이 묽어선 곤란하겠죠. 신후지의 B세트는 샐러드를 버팀목으로 함박과 새우튀김과 돈가스가 사선으로 올려져 소스에 잠긴 부분과 벗어난 부분의 비율이 좋았는데, 우연히 그렇게 내어진 게 아니라 분명한 철칙처럼 보였습니다.

처음 그릇을 받았을 때 어찌 보면 조금 우악스러운 플레이팅 같지만 생각할수록 참 적절한, 그 외에는 다 오답으로 치고 싶은 모습이었어요. 모두 조금씩 닿아 있지만 뒤섞여 있진 않습니다. 괜히 스파게티 면 한 가닥만 호로록 먹으면서 감탄했습니다.

1천 엔이 조금 넘는 가격으로 둥그런 만찬을 먹고 나왔습니다. 오늘이 지나가면 사장님의 휴무, 휴무, 휴무!는 더 가까워지겠네요. 특별한 계기가 없는 이상 평생 이곳에 또 오지 못할 테니 A세트나 돈가스 단품, 폭찹의 맛은 상상에 그치겠죠. 그 사실이 아쉽거나 속상하지는 않습니다. 가게를 나와 조금씩 멀어지면서 기름 향이 옅어질 때, '데미글라스! 함박 소스 향이 더해져 돈가스만 취급하는 가게의 기름 냄새와 달랐던 거였어'라고 생각하느라 폭찹 상상을 한참 못했습니다. 대단한 댄서들의 모습을 부러워하기도 하지만 부러움이 머리에 고이지 않고 스쳐가도록 합니다. 잘하는 걸 찾아 더 잘하면 되는데 제가 못하는 걸 잘하는 사람만 부러워하다간 잘하던 것마저 점점 못하게 될 테니까요. 그래서 우선은 B세트 생각만 하겠습니다. 지글지글 타는 타원형 스테이크판의 열을 빌리지 않고도 다섯 요리를 조밀하게 구성한 주방장 덕분에 많은 즐거움을 얻었습니다. 주문할 때와 계산할 때 외에 아무런 말도 하지 않았지만 감사한 대화를 나눈 셈이죠. 아, 좀 살겠다―라고 중얼거리며 다시 말과 문장이 잔뜩 필요한 곳으로 걸어갔습니다.

— 돈가스 아오키 다이몬점 —

とんかつ憶 大門店

1 Chome-11-12 Hamamatsucho, Minato-ku, Tokyo

SPF 돈가스 타이쿤

게임 잘하시나요? 전 정말 못합니다. 게임 생각을 하니 벌써 스트레스가 쌓입니다. 종종 병원에서 주치의가(사실 그분이 절 담당한 적이 없는데 병원에서 접수할 때마다 꼭 그분께 받겠다고 우길 뿐입니다) "스트레스를 좀 줄이시고요"라고 하면 아, 굉장히 이상한 말이다 생각합니다. 어떻게 줄이는지 알려주지 않으니까요. 성인이니 그 정도는 알아서 할 수 있지 않겠냐는 말 같습니다. "잠을 좀더 주무시고요"와 비슷합니다. 진찰실 문을 닫고 나와서야 스트레스를 어떻게 줄일지 물어볼걸 후회합니다. 아니면 선생님이 어떻게 스트레스를 푸는지 물어볼걸 그랬습니다. 언젠가 가만 앉아서 스스로 스트레스를 어떻게 푸는지 생각해봤는데, 안 풀리더라고요. 풀린다기보다 계속 쌓이면서 농도가 옅어지거나 다른 스트레스로 인해 우선순위가 밀린달까요. 스트레스가 다른 스트레스로 잊혀지네⋯⋯ 아련한 문장입니다. 어떤 순간에 바로 지금 스트레스가 풀린다는 느낌을 받은 적 없습니다. 힐링이라는 단어를 멀리하는 이유도 그 유행의 부작용을 겁낸다기보다 진실로 힐링된 경험이 없어 그런지 모르겠습니다.

게임을 못하는 것에도 수준이 있겠죠, 얼마나 못하는가. 보통 〈스타크래프트─브루드워〉에서 컴퓨터 플레이어와 1:1로 싸워서 한 번도 이겨본 적 없다고 말하면 다들 놀라며 얼마나 못하는지 이해하더라고요. 최선을 다해서 단계별로 공장을 짓고 군인을 훈련시키고 자원을 모아서 겨우 멋진 탱크를 한 대 만들었는데 상대는 벌써 대국 하나를 일굴 수 있다니 신기할 따름입니다. 친구들끼리 PC방에 가는 일이 거의 유일한 놀이였던 때, 따라가서 좋아하는 만화가의 팬페이지를 운영하며 (혼자) 놀았습니다. (혼자)라고 괄호 친 이유는 PC방에서는 혼자였지만 팬페이지에서 좋은 사람들과 어울렸기 때문이죠. 유년기 오락실에서 〈스트리트 파이터〉나 〈더 킹 오브 파이터즈〉 시리즈를 하면서 제대로 기술 키를 입력해본 적도 없습니다. '가일' 처럼 뒤를 누르다 앞을 누르면 되는, 친절할 정도로 단순한 기술도 타이밍을 놓치곤 했습니다. 좌를 누르다 우를 누르면 되는 이 단순한 동작에 무엇이 문제였을까요. 게임을 이해하는 뇌가 발달하지 못한 게 아닐까요. 선천적인 부분에 핑계를 대면 재빨리 포기할 수 있습니다. 그렇게 인생에서 게임이라는 장르가 차지하는 영역을 고교생 때 지워버렸습니다.

일하는 게임이 있습니다. 타이쿤이라는 이름을 단 시뮬레이션 게임들인데요. 예를 들면 타코를 만드는 가게에 취직해서 손님이 고른 메뉴와 구성으로 제때 음식을 내어야 한다든가, 카페 사장이 되어서 이상적인 가게를 만들어 확장해나간다든가, 도시의 시장이 되어 마을을 운영하고 관리한다든가, 놀이공원을 만들어간다든가, 꽤 많습니다. 간혹 화제가 된 게임을 해보기도 하는데, 어째서 쉬는 시간에도 일하는 게임을 하는지 늘 후회합니다. 타

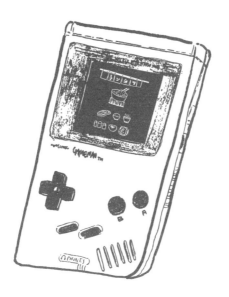

코 만드는 게임을 한때 열심히 했는데요. 점점 유명해지면서 손님이 몰려드는 순간에 주문이 밀리는데, 주문서가 꼬여 두번째 손님에게 세번째 손님이 시킨 걸 주고, 고기를 굽는 중에 주문 빨리 받으라 하는 통에 닭고기를 그릴에서 뒤집는 타이밍을 놓쳐 태우고, 소스가 다 뒤섞이면 울고 싶은 기분이 듭니다. 문장이 장황하지만 단계를 많이 요약한 편입니다. 당황하는 그 순간마저 손님이 들어와서 주문하는데 "오늘 그만 가게를 닫고 싶네요. 경황이 없어서 아까 파마산 소스 시킨 분한테 핫소스를 뿌려드렸다고요. 얼마나 매울까 그거, 그러니까 다들 나가주세요" 말하고 싶습니다. 열심히 일하면 보상으로 해변에서 서핑 미니 게임을 하는 게 아니라 주문 가능한 야채 종류가 추가되니 미칠 지경이죠. 그런데 문제는 이게 또 재밌다는 점입니다. 패턴이 몸과 손에 익는 때가 오면 주문에 걸리는 시간과 고기가 익는 시간을 안배할 수 있게 되고, 완성된 음식을 손님이 만세 포즈로 가져가면 저도 약간 기쁩니다. 왜 약간 기쁜 걸까요, 왜 패턴이 몸과 손에 익고 마는 걸까요. 약간 기쁘다는 사실이 약간 슬픕니다.

도쿄의 '돈가스 아오키'는 가기 전까지 좀 망설였던 곳입니다. 이유는 후에 이야기하겠습니다. '가보자 목록'에는 올라 있지만 늘 주저하다가 2017년 도쿄아트북페어가 그 가까운 곳에서 열려 이참에 가봐야겠다 싶었습니다. 도쿄의 우측에는 이상할 정도로 유명한 돈가스 가게들이 몰려 있어서, 외진 장소에서 북페어를 한다고 할 때 혼자 신나 했습니다.

모노레일을 타고 하마마츠초역에 내렸습니다. 모노레일을 탈 때마다 신기한 기분이 되는데, 전차보다 레일이 많이 좁잖아요. 아래에서 보면 열차가 레일을 간신히 붙잡고 가는 듯 보여 아슬아슬합니다. 숙련된 스태프가 은쟁반에 손님들이 다 먹은 접시를 가득 담고 이동할 때, 그 접시가 된 느낌입니다. 좀 다른가요. 아무튼 잘 알려진 식당에 처음 갈 때는 어떻게든 중앙 시간대를 피합니다. 11시에 열어 2시에 닫는 식당에 12시에 도착하는 건 금물입니다. 피크 시간이 가장 활력 넘치지만 첫 방문자보다는 자주 들르는 사람들 위주로 모인 분위기가 낯설고 대기 시간도 길 테니 처음에는 11시나 1시 30분에 갑니다. 그날은 1시 20분을 골랐습니다. 마지막 주문이 끝나지 않길 바라며 걸어가는데 바로 한 블록 전에 커피점이 눈에 들어왔습니다. 무척이나 세련된 주방 모습과 천천히 드립 커피를 내리는 노인 주인장이 보여서 하마터면 어어어 하면서 끌려 들어갈 뻔했습니다. 정신 차리고 다시 아오키로 향했습니다.

한 블록을 더 넘어가니 여덟 명이 아직 줄을 서 있습니다. 이제 곧 문 닫을 시간이 다가오는데 여덟 명이라니, 한창 시간에는 대체 무슨 일이 벌어지는 거지 낙담하며 끝에 줄 섰는데 유리문 뒤로 작은 공간에 의자를 두고 세 명이 더 있더라고요. 가게 손님이 한 번은 전부 회전된 뒤에야 먹을 수 있겠습니다. 철 난간에 기대어 차례를 기다리면서 가게 밖을 관찰했습니다. 주방용 플라스틱 후크 두 개로 [영업중] 푯말을 엉성하게 고정해둔 게 귀여웠어요. 본래 세워두던 집기가 고장났을 수도 있고, 임시방편일 수도 있고, 임시방편으로 세워두자 했다가 3년째 이어지는지도 모릅니다. 서교동의 건물 5층에서 책방을 운영할 때 1층 입구 쪽에 안내판을 우선 임시로 붙여두고 곧 여유가 생기면 바꾸자, 라고 안

일하게 생각했다가 7년 동안 그대로 붙여둔 적이 있어서 그 '영원한 임시방편'에 대해 잘 알고 있습니다. 한정된 인원이 가게를 운영할 때 늘 뭘 선택할지 갈림길에 섭니다. 일과 도중 시간이 빌 때 잠시 쉬거나, 내외부를 관리하거나, 재료를 손보거나, 모자란 부분을 채우는 일 중에 무엇을 할지 택해야 하죠. 어떤 가게 벽에 새로운 메뉴를 출력한 종이가 온통 울어 너덜너덜한 채로 간신히 붙은 장면을 볼 때가 있습니다. 그렇담 이들은 메뉴판을 새로 만들거나 출력물을 바꿔줄 시간을 포기하고 다른 일을 선택했다는 뜻이겠죠. 또 간혹 정반대로 새로운 메뉴가 나올 때마다 시간과 돈을 들여 메뉴판 전체를 바꾸는 가게를 보기도 합니다. 작은 가게가 뭘 용납하고 뭘 용납하지 않는지 공간 자체에 이미 답이 나와 있어서 관찰하는 재미가 있습니다.

가게 문을 활짝 열어두었지만 기다리는 쪽에서는 통로만 보이는 까닭에 안쪽의 분주한 소리만 들었습니다. 소리만 들리니까 한 명씩 앞당겨질 때 그 소리를 향해 전진한다는 감각이 거세집니다. 두어 명 줄었을 때 직원이 나와 친절하게 주문부터 하라기

에 '로스가스 런치 정식'(1200엔)을 시켰습니다. 미리 주문 받을지 모르고 방심하다 질문 받는 바람에 얼떨결에 대표 메뉴를 시켜놓고 '역시 기본적인 걸 먹어봐야지' 합리화하며 더 기다렸습니다. 기다리는 시간이 생각보다 길지 않았어요. 금세 먹을 수 있기 때문인지, 마침 다른 손님들이 거의 다 먹어갈 때 기다리기 시작해서인지 알 수 없었습니다.

카운터 자리에 앉았습니다. 아래로 이미 턱이 있고 그 위에 올려진 의자 때문에 앉는 위치가 무척 높아서 살짝 공중에 뜬 기분이었습니다. 높이만큼 기대감도 높아졌습니다. 공중에 떠서 돈가스를 먹을 수 있다면 얼마나 좋을까요. 우리는 늘 공중에 떠서 지낸다는 생각을 2주일에 한 번꼴로 합니다. 예를 들어 7층의 식당에 앉아 밥을 먹고 있으면, 저는 7층의 땅 위에 앉아 있지만 그 땅 아래가 전부 흙으로 채워진 게 아니잖아요? 막 건물 중간이 막 비어 있습니다. 앞 문장에서 '막'은 일부러 두 번 쓰였습니다. 10층의 집에서 침대에 누워 잠든다면 완벽하진 않아도 애매한 공중에 떠서 자는 건 아닐까요. 어느 정도 두께의 바닥만 밟는다면 어디든 땅바닥처럼 느끼는 감각 덕분에 덜 무서운지도요. 그 미세한 정도, 자신의 몸이 지금 어느 높이에 올랐는지 전부 느끼는 사람에게는 생활의 사소한 단계마저 공포일 수도 있겠습니다. 1층 외에는 살 수 없고 갈 수 없는 사람에게 얼마나 많은 삶의 제약이 있을지 생각해보았고, 또 동시에 2층 저희 책방에 놓인 책들은 약간 공중에 뜬 책들일까, 생각했습니다.

그때 직원 한 명이 제 앞에 작고 빨간 버튼을 하나 놓았습니다. 건넨다기보다 살짝 표시하는 느낌이랄까요. 그래서 다른 자리를 보니 어떤 사람 앞에는 하얀 버튼, 또다른 사람 앞에는 초록 버튼이 놓여 있고 빨간 버튼이 제일 많았어요. 런치 정식을 빨간색으로 표기했군 알아챘습니다. 효율적인 방식이더라고요. 스태프끼리 색상으로 암호를 지정해서 계속 되묻지 않아도 메뉴를 파악할 수 있고 서로 혼동하는 일을 줄입니다. 어떤 면에서 타코 가게 게임 같죠. 해법은 각자 다르기 마련입니다. 돈키가 손님들의 주문을 기억하고 서로 감시해가며 맞춰 내는 해법을 만들었다면 아오키는 음식 외 요소를 빠르게 덜어내고 표식으로 대체하는 해법을 만들었습니다. 기다리던 중에 오른쪽 손님 돈가스가 먼저 나왔습니다. 약 1분 동안 맛있다는 말을 다 똑같은 발음으로 열두 번이나 말하는데, 하필 일행이 총 세 명이라 삼중창으로 거의 서른 번 들었습니다. 여러 손님이 각기 다른 이야기를 하기 마련인데 이곳에서는 왠지 모두가 다른 대화 제쳐두고 돈가스 칭찬만 반복해서 이들의 시끌벅적한 추임새가 계속 더 기대하게 만듭니다. 바깥에서 대기하면서 주문을 해두니 자리에 앉은 뒤 오래 지나지 않아 돈가스가 나왔는데, 머리가 얼마나 나쁜지 앉자마자 나왔다고 생각했습니다. 서서 기다리던 시간 벌써 다 잊었죠.

중앙 쪽을 집어 올렸습니다. 듣던 대로 고기 안쪽이 진한 분홍색이었습니다. 돈가스 아오키는 엄선된 치바산 SPF(Specific Pathogen Free, 무특이병원체) 돼지고기를 쓰는데 특수한 병원성 미생물이 없어서 일반적인 고기보다 덜 익혀도 괜찮다고 합니다. 이렇게 말하면서도 '돼지고기는 언제나 바짝 구워라'를 어떤 철칙처럼 받아들여온 시간과 기억을 단번에 뒤집기란 쉽지 않았습니다. 다른 때보다 2초 정도 고민한 뒤 우선 소스 없이 먹어보았습니다. 그러자 앞서 어설프게 힘주어 말한 시간과 기억이 순식간에 뒤집혔습니다. 혀가 느끼는 감각이란 대단해요. 의도적으로 덜 익힌 돼지고기를 처음 먹어보았는데 이걸 먹어보기 전까지 허비한 시간을 바로 후회했습니다. SPF 고기를 처음 먹었고, 미디엄으로 구운 돼지고기를 처음 먹었고, 돈가스 아오키의 돈가스를 처음 먹었죠. 한입의 경험이 이전의 걱정을 완전히 날려버립니다.

타국에서는 타국의 요리를 먹습니다. 식재료를 해석하거나 요리하는 방식에는 각국의 생활 습관, 날씨, 천성이 강하게 묶여 있습니다. 겪어본 적 없는 국가에 짧게 머물 때, 사람들과 문화를 깊이 경험 못하지만 그곳의 요리를 먹으면 말의 이면에서 오래 고집해온 그들의 감각을 입과 혀로 느낄 수 있습니다.

덜 익힌 돼지고기를 먹는 일이 두려움에서 환희의 팡파르로 바뀐 김에 더 열심히 먹어보기로 했습니다. 앞쪽 종지에 담긴 소금 중에 우선 백색의 소금에 살짝 찍어 입으로 가져갔습니다. 한강에서 대형 불꽃놀이를 할 때면 큰 원형 불꽃이 터지고 그 속에서 다음 불꽃이 꼬리를 물고 터져 계속 이어지는 형태를 본 적 있습니다. 펑―펑―펑― 불꽃 속에 불꽃 속에 불꽃이죠. 꼭 그렇게 팡파르 위에 팡파르가 울렸습니다. 소스 없이 먹을 때, 돈가스소스에 찍어 먹을 때, 소금에 찍어 먹을 때 맛이 완전히 다릅니다. 그리고 소금에 찍어 먹는 순간 잠깐 돈가스소스 생각을 안 하게 됩니다. 과장해서 말하면 돈가스소스를 살짝 미워하게 됩니다. 돈가스 아오키에서는 소금에 찍어 먹는 걸 추천한다고 작게 쓰여 있는데 추천하지 말고 고집부려주면 좋겠습니다. 돈가스소스가 특유의 향과 촉촉함으로 튀긴 고기의 느끼한 맛을 잡아준다면, 소금은 미디엄으로 튀긴 고기의 맛을 보조하며 씹는 내내 감칠맛을 더해줍니다. 돈가스소스가 튀김옷과 연결되는 반면 소금은 고기와 바로 이어집니다. 그 짠맛이 혀를 자극하며 신선한 고기를 잡아당길 때 기분이 정말 좋습니다. 그러니까 모든 돈가스에 소금이 어울린다기보다 돈가스 아오키의 방식에 딱 맞습니다.

소금의 종류에 따라 대단한 차이를 느끼는 미각을 가졌다면 좋았겠지만, 불행히도 그렇진 못했습니다. 몽골 암염이 입맛에 더 맞는다는 사소한 확신만 남았어요.

미각 이야기가 나온 김에 더 들어가보자면, 저는 요리비평가가 아닙니다. 주방장도 요리사도 아니죠. 책방을 운영하면서 글을 쓰는 사람이라 어쩌면 돈가스 탐방기에 꼭 맞는 인물은 아니겠죠. 예를 들어 여러 종류의 돈가스로 블라인드 테스트를 하면, 조리법과 계파를 구분하고 두어 번 씹고는 어느 지역의 돼지고기 같군요, 하는 대단한 타입이 아닙니다. 기껏해야 "두번째 고기가 조금 더 맛있었는데 한 점 더 주실래요?" 정도겠죠. 다큐멘터리에 나오는 유명 셰프처럼 음식에 들어간 네 가지 향신료를 다 알아채고 "마지막 향은, 타임일까요?" 하면 주방장이 "맞습니다, 아주 약간 넣었는데"하고 깜짝 놀라는, 그런 첨예한 감각을 뽐내면 참 좋겠습니다만…… 그러기엔 너무 어설퍼서 "이 맛은, 양파입니까?" 하면 주방장이 "접시에 양파 슬라이스가 깔려 있잖아요" 핀잔 주겠죠.

그 와중에 딱 하나, 고기의 선도는 다른 사람들보다 예민하게 느낍니다. 채소나 생선 쪽은 잘 모르지만 육류 삼총사 소고기, 돼지고기, 닭고기 쪽은 먹자마자 얼마나 신선한 재료인지 압니다. 맥락 없이 카레 양념을 마구 바르거나 매운맛을 잔뜩 가미해도 소용없습니다. 두어 번 씹고 '아아, 나쁜 고기를 주셨군요' 마음으로 흐느낍니다. 돼지고기가 유독 그 폭이 크죠. 몇 년 전 중식당에서 먹은 탕수육이 정말 인상적이었는데 최하 등급의 돼지고기를 쓰는 거로 모자라 몇 달을 얼려 쓰나 싶었고, 아니나다를까 다음날 화장실을 계속 들락날락했습니다. 고기를 기름에 튀기면 유독 잔재주가 통하지 않게 됩니다. 삶거나 볶거나 굽거나 조릴 때 나름의 방식으로 맛과 재료의 상태를 보완할 수 있지만 튀길 때는 재료의 맛을 보완하거나 끌어올리는 게 쉽지 않아 보입니다. 돈가스 가게에 갈 때마다 이번에는 어떤 등급의 고기일까 불안한 마음으로 한 점 먹는데요. 돈가스 아오키의 돼지고기는 내가 알던 최상이 최상이 아니었음을 알게 해줍니다. 그래서 다른 가게보다 유독 더 생고기를 전시하듯 턱턱 자랑스레 놓아두는지도 모르겠습니다. 묵묵히 앉아서 한 점 한 점 먹고 있었지만 마음은 벌떡 일어나 기립 박수를 치며 요리장 한 명 한 명과 악수하고

'요리사 발전에 기여하고 계시는군요. 대단하십니다!' 감탄하고 싶었습니다. 벌떡 일어나 기립 박수를 친다는 말은 의미가 중복되는 표현이지만 팡파르가 부르는 팡파르처럼 기립 박수 속 한 번 더 기립박수를 치는 경우도 있을 터입니다.

돈가스의 큰 덩어리를 놓고 보았을 때 끄트머리와 중앙부의 맛이나 질감, 익힌 정도가 다릅니다. 중앙부가 미디엄레어라면 그 옆은 미디엄, 끄트머리는 미디엄웰던에 가까워집니다. 때문에 중앙의 한두 점이 이 식당이 추구하는 맛의 결정체이고 옆으로 갈수록 조금씩 핵심에서 벗어나고 있다는 기분이 듭니다. 지방이 너무 많은 채여서 바짝 익힌 끄트머리가 유독 기름집니다. 먹는 순서를 고민하다 돈가스를 절반으로 나누고 좌측은 중앙에서 끄트머리로, 우측은 끄트머리에서 중앙으로 집어가며 먹었습니다. 이상한 순서에 집착해서 죄송합니다. 양배추와 밥은 의외로 평범했는데요, 돈가스 정식의 핵심인 돈가스로 극상의 표현을 하고 나머지 요소는 그 맛을 방해하지는 않는 선에서 마무리합니다. 좋은 고기를 쓰면서 1,200엔짜리 점심을 만들 때 충분히 선

택할 수 있는 방식이라고 생각했습니다. 빨간 버튼을 쓰는 법과 닮았죠. 카운터 자리에 앉아 괜히 혼자 고개를 끄덕거리며 먹어서 이상한 손님으로 보였겠습니다.

이 글을 쓰기 위해 몇 년 만에 다시 일하는 타코 게임을 해봤습니다. 손님이 주문한 대로 조합해 가져가면 3초 정도 두구두구두구두구― 시상식 효과음이 들리고 제대로 만든 경우 두 팔 번쩍 만세―하며 팁이 쌓입니다. 그 만세 그림이 유독 극적이어서 재밌습니다. 보통 무언가가 맛있다고 손을 들어 만세를 외치진 않으니까요. 그런데 제가 만약 '돈가스 아오키 타이쿤' 게임의 손님72였다면 만세 속에서 뻗어나온 만세를 외치며 퇴장했을 겁니다.

기지개를 켜는 척 만세 비슷한 포즈를 취하곤 아까 본 커피집으로 걸어갔습니다.

— 카츠헤이 —

かつ平

6 Chome-12-10 Tsukiji, Chuo-ku, Tokyo

바쁜 현대인과 돈가스카레

돈키 편에서 '카츠헤이'에 가서 돈가스카레를 먹는 이야기를 했잖아요. 그냥 허풍이었어요. 가본 적도 없는데 예시로 들면 적당하겠다 싶어서 써봤습니다. 그다음부터 자꾸 마음속에 걸렸습니다. 콱 다가오지도 훅 멀어지지도 않고 묘하게 신경쓰이는 자리에 대롱대롱 걸렸어요. 이번에 어떤 가게를 가볼까 고민할 때 1순위는 아니고 3.5순위 정도 자리에 머무는데, 다른 가게가 '가보자 목록'에서 사라지는 순간에도 계속 그 자리에 있는 겁니다. 아마 돈키 편에서 허풍을 위해 가게 이름과 메뉴까지 확신에 찬 듯 끌어왔기 때문이겠죠. 자기 생각처럼 종이 위에 써놓으니 생각 언저리에 끈질기게 머뭅니다. 그런 기분이 나쁘지 않아서 더 두고 보기로 했습니다. 애써 1위로 끌어올리지도, 떨치지도 않고 묘한 자리에 계속 있으면 묘한 인연으로 찾을 수도 있겠죠.

묘한 인연 소리를 하며 거창하게 이야기하더니 너무 빨리 찾아왔나, 카츠헤이 앞길에 줄 서서 기다리면서 생각했습니다. 본래 목적지는 2,700엔짜리 돈가스 정식 가게였는데요. 심지어 묵고 있던 호텔에서 걸어 2분 거리였단 말입니다. 엄청 좋은 고기를 엄청 좋은 기름에 튀겼겠죠. 그 가격에 아무리 이상하다 해도 평균 이상은 하겠죠. 더구나 돈가스 총결산 같은 코너에서 미식가들이 열 손가락에 꼽던 곳이기도 하니까 실패할 리도 없죠. 그런데도 자리에서 일어나 '자, 출발하자' 하는 마음이 들지 않고 마음에서 떠내려갑니다. 그때 카츠헤이 생각이 다시 났습니다. 미리 써둔 말을 실현하러 가보자고, 모두가 로스가스를 시켜도 굴하지 말고 한번 돈가스카레를 먹어보자 결심했습니다.

츠키지역에 내려 걸어갈 때, 머릿속이 몽글몽글 간지러웠는데,

온갖 신선한 수산물이 모여드는 어시장을 향해 가면서 돈가스를 목표로 한다는 사실 때문이었어요. 하찮은 스파이가 된 기분이었습니다. 갖은 어패류의 영역에서 튀긴 돼지고기라니요. 외관은 초밥 가게인데 숨겨진 문으로 들어가면 다들 뜨거운 돈가스를 입천장 데어가며 황급히 먹고 있는 건 아닐까요. 다행히 츠키지 시장과는 거리가 있어서 특별하지 않은 골목에 자리한 카츠헤이 앞에는 이미 다섯 명이 기다리는 중이었습니다. 문을 열고 주인장에게 몇 명인지 말한 뒤 바깥에서 기다렸습니다.

기다리는 일은 지루하죠. 지루할 때 주머니에 든 폰이나 책이나 카메라를 보지 않습니다. 무언가를 기다릴 때 내가 짜놓은 내 세계를 바라보면 지루함이 더 커집니다. 그 안에서 벌어지는 일을 대충 예상할 수 있으니까요. 처음 도착한 그곳을 구석구석 관찰합니다. 간판에 세 마리 돼지 그림이 너무 기분 좋게 깔깔깔 웃고 있어서 어색합니다. 여기가 규카츠 집도 아니고 돼지 입장에서 그렇게 신날 만한 곳은 아닌데 지극히 인간의 입장으로 그려졌네요. 안쪽 골목에는 장어구이집이 있나봅니다. 카츠헤이와

장어구이집 사이에는 간이의자가 두어 개 있고 담배꽁초를 버리는 철통이 보입니다. 담배를 피워본 적 없고 거리에서 담배 피우는 사람을 싫어하는지라 잠깐 꽁초 통을 째려봤습니다. 그 통을 째려봐서 어쩌려는 의도는 아니고 그저 한번 감정을 투사해봤습니다. 돈가스 아오키에서는 문이 열려 있어 미리 들어간 손님들이 웃고 떠들며 먹는 소리가 들렸다면, 이곳은 문이 굳게 닫혔고 주방 쪽 창문이 살짝 열려 주인장의 소리만 들립니다. 주문을 받는 소리, 직원과 대화하는 소리, 요리하는 소리요. 주방의 소리만 들립니다. 창문 안쪽으로 슬쩍 비치는 주방장의 움직임이 분주합니다.

위를 올려 보니 5층 정도의 맨션이더라고요. 아래층에 돈가스집과 장어구이집이 있는 건물 2층에서 과연 살 만할까요. 여러 경우가 있겠죠. 주방장이 사는 집일 수도, 돈가스 마니아가 잘됐다며 이사 왔다가 이제는 튀김 냄새라면 질색할 수도, 예상과 달리 조리 냄새가 큰 영향을 주지 않을 수도, 돈가스와 장어구이 냄새가 만나는 경계가 제일 숨쉬기 편해서 그곳에 머리맡을 두었을 수도, 정작 새벽에 출근해서 밤에 돌아오는 사람이라 1층 가게가 뭐 하는 집이었더라 싶을 수도, 점심때마다 올라오는 기름 내에 대한 보상으로 2층 사람에게 매달 한끼 돈가스를 무료로 제공하는데 그게 그렇게 맛있을 수도 있죠. 모든 망상이 다 틀렸고 적당히 불편했는데 얼마간 참아보니 다시 일상이 되었다는, 평범한 이야기일 수도 있겠습니다.

　거기까지 생각했을 때 주방 쪽 작은 창문이 드르륵 열렸습니다. 아닌 척했지만 좀 놀랐는데요. 보통 문이 열리지 창문이 열리진 않으니까요. 주방장이 저희 쪽을 바라보며 "아, 조금만 더 기다려주세요. 감사합니다"라고 해서 속으로 무척 크게 웃으며 귀엽다고 생각했습니다. 지금 다시 생각해도 그 장면이 납작한 깡통에 든 여러 색깔 과일맛 사탕처럼 동글동글 재밌는데, 지금까지 창문이 드르륵 열리면 상냥하지 않은 말을 들었기 때문인 것 같아요. "이제 너무 늦었다, 들어들 가라"라든지, "거 조용히 좀 합시다"라든지요. 다시 거세게 열리더니 (드르륵) "먼저 오신 세 분 들어오세요" (드르륵) 연타석 귀여움을 날렸습니다.

차례가 남았으니 좀더 기다립시다. 또 기다리니 또 지루한데요, 지루함이 꼭 나쁠까요. 지루한 기다림 후에 별것 아닌 요리를 마주하는 일이 나쁘지, 기대하는 음식을 위해 멍하니 기다리는 순간은 게임 캐릭터가 필살기를 위해 힘을 모으는 모습처럼 단계별로 두근거립니다. 돈가스 아오키 편에서 게임 못한다고 푸념을 늘어놓다가 게임 속 캐릭터로 비유하다니 배짱 좋네요.

글 쓴다고 앉아서 바로 쓰면 되는데 돈가스에 관해 쓸 때는 어떤 음악을 들으면 좋지 유튜브에 들어갔다가 어 NCT 새로운 티저가 올라왔네 클릭하곤 저분은 어떻게 턱선이 저렇게 생겼지 감탄하다 그 마음을 쓰려고 트위터에 들어가면 불가사의하게 귀여운 고양이가 따뜻한 욕조 물에 들어가 체념하는 영상이 리트윗되어 고양이가 저럴 리가 없는데 "표표(저희 막내 고양이입니다)야 너도 물에 적응을 해봐" 말 건넸다가 괜히 밉보여서 짜 먹는 간식 하나 주고 돌아와 다시 앉으면 아니 뭘 했다고 20분이 흘렀지 좀 움직이니까 아이스크림이 먹고 싶은데 편의점에 다녀올까 생각하는 산만한 사람입니다만, 지루함과 지겨움에도 여러 유형이 있습니다.

느림의 미학이 있습니다. 현대인의 바쁘디바쁜 삶을 위로하기 위한 여유인데요. 현대인은 왜 언제나 바쁠 때만 현대인으로 호명될까요. 갑자기 궁금해져 예전 신문을 찾아보니 1978년에도 81년에도 90년에도 94년에도 바쁜 현대인은 부정적인 어휘로 계속 등장하더군요. 그들 기사 모두 현대인이 어떻게 바쁜지는 설명하지 않고, 고민하지 않습니다. 그저 바쁘다는 현상을 대전제로 여유를 훈계하죠. 어쩌면 인간은 언제나 나름의 맥락으로 바빴는데 "야, 바쁜 현대인, 잠깐 와봐. 넌 다 좋은데 말야" 하고 질타하기 좋은 키워드로 불리는 건 아닐까요. 다 좋으시다니 뒷말 끊고 다시 바쁘러 가겠습니다. 바쁜 현대인을 치유하기 위한 짧은 여유란 아름다울수록 인정받기 때문에 웃는 돼지 그림을 보며 다음 차례를 기다리는 순간과는 다른 종류입니다.

지겨움도 있죠. 모든 걸 지겨워하는 이야말로 지겨운 사람이라고 단언하겠습니다. 우쿨렐레를 떠올려봅니다. "우쿨렐레는 이제 지겨워, 끝났지, 아무런 소용이 없지"라고 말하는 사람은 스스로 게을렀을 가능성을 고려하지 않습니다. 자신의 고립된 시야가 흔한 우쿨렐레 연주만 보게 하진 않았을까요? 실로 예민한 대타워가 되어 촘촘한 레이더를 통해 "넌 이제 유효하지 않아" "그건 내후년이나 되어야 통해"라고 척척 진단할 사람이 몇이나 있을까요. 그 잔인한 통보에 취하는 순간 정작 자신의 레이더를 업그레이드하는 일을 깜빡하진 않을까요. 언젠가 빅 밴드와 함께 노래하며 우쿨렐레를 연주하는 영상을 보았는데요, 웅장한 파동 아래에서 우쿨렐레의 가느다란 음이 묘하게 신경질적으로 전체 음악을 지탱했습니다. 우쿨렐레의 문법을 그대로 따르지도, 버리지도 않고 자신의 방식으로 쓰는 모습에서 이런저런 생각이 들었습니다. 어떤 사람은 지금 타인에게 가장 잘 통하는 무언가를 찾는 일이 전부이기도 하지만, 어떤 사람은 자신에게 가장 잘 통하는 무언가를 찾으면 그걸로 충분한가봅니다. 지금껏 거리에서 버스킹 공연을 들은 적 없는데요, 그건 음악가의 좋은 무대를 아직 만나보지 못했기 때문이지 버스킹이 모두 쓸데없기 때문이 아닙니다. 새로운 새로움은 A, A, A, A 뒤에 이어지는 A′에서 발견되기도 하나봅니다. 그 A′를 잘 찾는 사람이 되고 싶습니다. 쓱 보기에 다 비슷해 보이는 돈가스 요리를 찾아 나서는 길도 일종의 지루함, 지겨움일 수 있죠. 하지만 분명 그 속에 A′와 A″가 숨겨져 있고 그 차이와 새로움은 돈가스 접시 안에만 있지 않습니다. 접시 바깥, 가게 안, 가게 바깥에도 있습니다.

설마 모든 대화를 창문으로만 하는 걸까 생각했을 때, 직원이 문을 열고 메뉴 주문을 미리 받으러 나왔습니다. 처음 결심을 시험하듯 정말 모든 대기 손님들이 로스가스를 시켰고, 마음을 다지느라 "돈가스카레요!" 뇌 계획보다 더 크게 말해버렸습니다. 줄 서는 방향이 특별히 정해져 있지 않아서 "다음 오신 분 누구죠?" 물으면 알아서 대답하는 방식입니다. 늘 고민 끝에 로스가스를 주문하던 저였기에 다른 메뉴를 발음할 수 있다는 사실에 신났습니다.

30분 기다려 겨우 자리로 안내받았습니다. 테이블 둘에 카운터 한 줄이 전부여서 세어보니 13명 들어오면 가득찹니다. 자리에 앉자 직원이 나무판으로 된 돈가스카레 메뉴를 떼어냈어요. 저까지 시키고 돈가스카레 품절입니다, 품절. 바깥으로 뛰어나가 "카츠헤이를 찾아주신 여러분 감사합니다. 카레가 품절되었으니 포기하고 로스를 드시기 바랍니다" 과장된 몸짓으로 인사하고 싶었지만 웬걸, 뒤로는 대기자가 없더군요.

주방장을 비롯해 일하는 분들의 표정이나 분위기가 밝고, 손님과 간단한 사담도 주고받지만 긴 대화로 이어지진 않아서 적당합니다. 가게 높이 놓인 텔레비전에서 흘러나오는 뉴스 소리를 배경음으로 각자 열심히 먹기만 하는데 그게 또 어울립니다. 가게는 느긋하고 뉴스는 심각해서 그 대비가 재밌었어요.

배경 음악은 가게의 많은 부분을 설명해줍니다. 예상보다 많은 손님이 음악으로 가게 분위기를 미리 가늠합니다. 어떤 음악이 흐르는가, 음악이 없다면 전혀 없는가 아니면 라디오, 텔레비전, 괘종시계, 대화 소리, 다른 방식으로 채워졌는가, 여러 길이 있죠. 예측 가능한 조합이라면 무엇이 있을까요. 호텔 로비 카페에 차분한 고전 음악이 나온다든가, 커다란 편집 매장에서 지난 주 발매된 하우스 음악이 나온다든가, 주점에서 오래된 가요가 나오면 익숙하게 받아들이죠. 미궁에 빠져 허우적거릴 조합이라면 무엇이 있을까요. 헌책방에 흐르는 EDM이라든가, 헬스장에 재생되는 〈인터스텔라〉 OST라든가, 한적한 바닷가 커피점에서 데스메탈을 들으면 어떤 기분일지 아직 모르겠습니다. 혹시 커피맛과 연결되는 걸까 한 모금 마셔보면 신 커피가 옅게 내려져 있어 더 혼란에 빠지겠죠.

주인장이 무얼 원하는지도 배경음악으로 조금이나마 짐작할 수 있습니다. 낮은음의 피아노곡이 흐르면 모두가 그만큼 고요히 움직이기를, 흥겨운 박자가 흐르면 이 공간에서 마음도 무릎도 어깨도 그만큼 가벼워지길 바라는 거겠죠. 라디오나 TV는 어떨까요. 사장이 채널을 고를 순 있어도 내용을 정할 수 없죠. 자신의 가게를 원하는 방향으로 끌고 가는 힘을 포기해서 공간이 생활과 더 맞붙습니다. 동시간대의 이야기와 연결됩니다. 텔레비전 영상이 반찬 역할을 하기도, 손님들 사이 이야깃거리를 만

들기도, 대화를 앗아가기도 하죠. 개인적으로 맛있는 요리를 내는 곳에서 두 번 볼 일 없을 줄 알았던 예능 프로그램을 크게 틀어놓아 소화불량을 유발할 때만큼 고통스러운 순간도 없습니다.

책방 영업 시간에는 가능하면 낯선 음악을 틀려고 노력합니다. 유행가나, 전설의 록 넘버를 배제하고, 널리 알려지진 않았지만 하나씩 노래를 더해나가는 음악가나 밴드 노래를 BGM으로 삼습니다. 음악 검색 앱이나 포털 사이트에서 찾아지지 않는 음악들요. 손님을 약올리려는 목적이 아니니 궁금해하시면 어떤 노래인지 알려드립니다. 공인된 음악 마니아는 또 아니어서 누군가에게는 철 지난 노래일 수도 있습니다만, 드문 노래 찾기 경쟁을 하는 건 아니니까요. 선곡에 줏대 없어서 연주곡과 포크송과 앰비언트와 밴드 음악이 뒤섞입니다. 유어마인드 책방에서 사람들이 희귀한 책들을 만날 때 배경 음악 역시 그 낯선 시간을 두 배로 조장했으면 해서 그렇습니다. 다음 책장에서 어떤 책을 열람할지 예상하기 어려운 공간에서 다음 곡이 무엇일지 역시 짐작하기 어려웠으면 합니다.

돈가스카레가 나왔습니다. 투박한 접시에 양배추, 밥, 돈가스, 카레가 담겼는데 그보다 그릇에 턱 놓인 숟가락이 요리를 완성합니다. 돈가스가 절반 정도 카레에 잠겼길래 먼저 카레만 맛보았습니다. 카레맛을 알아야 얼마나 묻혀 먹을지 정할 수 있으니까요. 달고 짠맛이 강하고 카레 향이 그렇게 진하지 않아요. 워낙 싱겁게 먹는 편이라 이 짠맛이면 적당하다고 느낄 사람도 많을 겁니다. 카레맛으로 전력 대결하지 않고 돈가스를 보조해서 고기의 풍미를 살립니다. 양파가 잔뜩 들어 있어요. 카레 색도 옅고 묽은데 이게 너무 맛있습니다. 돈가스에 묻혀도, 밥에 묻혀도, 양배추에 묻혀도 적당합니다. 카레라이스였다면 고개를 갸우뚱했을지도 모르지만 돈가스카레로서는 좋은 방식이라 느꼈습니다. 카레 잘하는 곳에서 돈가스를 토핑해 드시겠어요, 돈가스 잘하는 곳에서 돈가스카레를 드시겠어요? 카츠헤이에 와서 저에겐 후자가 정답이구나 알았습니다. 어쩌면 카레라는 복합적인 향미를 잘 구분하지 못하기 때문일지도요. 지금까지 먹어본 돈가스 토핑 카레가 말 그대로 완성된 음식 위에 돈가스를 얹은 것일 뿐, 대신 가라아게로 바꿔도 큰 문제가 없었다면, 이곳 돈가스카레는

다 함께 한 요리의 부분입니다.

　양배추도 돈가스도 다소 멋대로 얇고 굵게 썰렸습니다. 균일한 식감을 유지하려 애쓰기보다 노력과 시간을 절약해서 단가를 맞추고 대신 그 외의 요소를 필사적으로 지킵니다. 양배추 심과 바깥면도 버리지 않고 함께 채 썰어 다른 가게보다 초록색이 돌고 단맛도 셉니다. 카레의 향에 잘 맞서 균형을 잡아주니 양배추를 계속 먹게 됩니다. 너무 얇게 채 썬 양배추는 소스 몇 방울에도 금세 풀이 죽어 가느다란 양배추즙을 먹는 기분이 드는데, 카츠헤이는 그와 정반대죠. 돈가스, 카레, 밥 모두 절반 남았는데 양배추만 떨어졌습니다. 용기 내어 더 요청하니 양배추 추가 50엔인데 괜찮냐고 물어 "괜찮습니다, 괜찮습니다" 말했습니다. 왜 두 번 연거푸 괜찮다고 말했는지 모르겠지만 첫번째 괜찮다는 반사적으로 말했고 두번째 괜찮다는 '50엔이면 500원이구나. 그럼 돈가스카레가 850엔이니까 총 900엔. 그럼 충분히 괜찮습니다' 의미를 시녔다고 우겨보겠습니다. 그릇에 처음 나온 만큼 덜어줄 줄 알았는데 아예 별도의 접시에 수북이 담겨 나왔습니다.

이걸 과연 다 먹을 수 있을까 싶었는데 또 먹다보니 금세 줄어듭니다.

　이 조화가 어떻게 나오는지, 뭘 포기하고 뭘 얻는지 궁금해서 다 따로 먹어봤어요. 밥은 물기가 적은 된밥으로 카레를 잘 흡수하면서 씹을수록 나는 단내가 보통 쌀밥보다 조금 강했습니다. 조미를 따로 한 정도는 아니고 쓰는 쌀의 특성 같았어요. 카레도 양배추도 밥도 계속 달다고 표현하고 있지만 설탕을 들이부은 맛이 아니라서 뇌에서는 시원하다고 느끼는 쪽에 가깝습니다. 그 시원함이 튀긴 고기와 카레 향의 조합 사이에서 활약하며 쉽게 한입 한입 넘어가게 해준달까요. 돈가스는 등심을 튀겼는데 로스 정식과 품질에 큰 차이가 있다기보다 두께나 무게를 줄여 가격대를 맞추는 듯 보였습니다. 맑은 된장국도 기본에 가깝게 만들어 개별 요리처럼 이 재료 저 재료 모아 넣는 가게보다 가볍습니다. 손님에게도 가볍고 주인장에게도 가볍겠죠.

　길이의 절반만 카레에 잠겼으니 잔뜩 묻은 쪽을 먹었다가 전혀 묻지 않은 쪽을 먹었다가 밥만 떠서 카레라이스처럼 먹었다가 여러 조합이 생겨 즐거웠습니다. 그것으로 끝이냐면 튀김옷 부스러기만 모아서 카레와 떠먹으면 또 별미고요. 카레가 없다면 튀김옷을 긁어모아 먹진 않았을 텐데 돈가스카레의 완승이다! 하는 표정으로 옆자리 손님을 보니 로스가스에는 스파게티가 한 움큼 같이 나오더군요. 저 스파게티 차가울까 뜨거울까 어떤 맛일까 확인할 수 없어 발을 동동 머릿속으로 굴렀습니다.

양껏 밥을 먹은 뒤엔 좋은 포만감과 나쁜 포만감이 있는데, 나쁜 포만감이 들면 우선 요거트라도 사 마셔야겠다며 편의점을 두리번거리느라 식사한 기억이 온통 스트레스로 변합니다. 카츠혜이를 나와선 좋은 포만감이 들어 제 등뒤에 여전히 웃는 세 마리 돼지 그림에 감사를 표하고 산책 나섰습니다. 돈키 편에서 쓴 말을 지키기 위해 캔커피를 마셔볼까 했지만 이 포만감이 커피 향에 둘러싸일까봐 좀 미뤘습니다. 모모미씨에게 도쿄에서 자판기를 찾지 못했다고 농담하면 '아, 내가 멍청한 사람과 결혼했구나' 생각하려나 도쿄에서는 자판기를 못 찾기가 더 어렵지 중얼거리며 츠키지 시장으로 걸었습니다. 아무도 신경쓰지 않는데, 옷에서 튀김 기름내가 난다며 카츠헤이에서 온 스파이는 썩 꺼지라 하면 어쩌지, 과장해 걱정하다가 시장 안 작은 이탈리안 레스토랑에 사람들이 가득해서 제 걱정이 희미해졌습니다. 겨우 돈가스 정도의 대비로 스파이 어쩌구 하더니 현실의 해산물 리조토가 더 드라마틱하군요. 더군다나 대단히 유명한 집이라고 합니다.

시장 속 몇 평 채 되지 않는 식당들을 구경했습니다. 짧은 골목이 반복되면서 식당 앞과 뒤 모두 통로이기 때문에, 걷다가 뒤쪽을 보면 뒷문과 주방이, 골목 돌아 앞쪽을 보면 앞문이 보입니다. 바쁜 주방을 먼저 보며 메뉴를 짐작해보았습니다. 좁디좁은 공간에 요리사 셋과 손님 예닐곱 명이 앉아 힘차게 먹는데요. 열심히 먹을 수밖에 없겠어요. 이토록 좁은 식당에서는 지금 다 함께 만들어서 바로 다 함께 먹는 기분에 활력이 돕니다. 평소보다 급히 만들겠고 또 평소보다 급히 먹겠고요.

시장 바깥에도 시장이 이어지는데요. 한 해산물덮밥집에서 품절된 메뉴를 표기하는 방식이 인상 깊었습니다. 요리 사진 위에 둥그런 일회용 접시를 테이프로 대충 붙여 가렸더군요. 품절에 빠르게 대처할 수 있고 매일 쓰는 소모품을 이용하면서 눈에도 잘 들어옵니다. 매일 말로 안내하다 지쳐 뭔가 가볍고 저렴한 거로 가려버리자 싶었겠죠. 오늘 많이 파시고 전 메뉴에 접시가 붙길 바라는 마음으로 웃었습니다. 이용해본 적도 없고 주인과 아는 사이도 아니지만요. 가끔 모르는 사람의 행운을 빌면 실낱같은 확률로 그에게 진짜 운으로 작용한다고 믿는 편입니다. 그럼 그의 기쁨과 행운과 선심이 돌고 돌아 영국에서 최초로 시작된 편지처럼 저에게 돌아오지 않을까 상상하는 이기심입니다. 정말 행운이 되었는지 확인할 길도 없는데 가끔 그렇게 운을 심어놓곤 지나칩니다. 카츠헤이 2층에 사는 분도 별일 없기를.

아, 느긋한 생각은 거기까지만 하고 21세기 바쁜 현대인이니까 표현에 걸맞게 보조 배터리로 충전중인 스마트폰 메일을 확인하고 답장 쓰며 역으로 돌아갔습니다. 카레에 들어 있는 양파

가 잘 씹히지 않게 흐물흐물했는데 몇 시간 끓인 걸까 생각하면

서요. 회신 메일에 카레 향이 첨부되지 않아 애석했습니다.

— 소스안 —

奏す庵

555-19 Waseda Tsurumaki-cho, Shinjuku-ku, Tokyo

승리할 필요 없는 돈가스덮밥

데이비드 맥컬레이는 『놀라운 인체의 원리』에서 세포 구조를 이야기하면서, 중앙 도서관 역할을 하는 핵이 세포의 작동을 감시한다고 했습니다. 잠깐 멍했다가 정신 차리고 다시 읽어봤습니다. 분명히 중앙 도서관이라 쓰였습니다. 생명체에 100조 개까지 있다는 세포, 그 속 핵이 동네 도서관도 아니고 중앙 도서관 역할을 한다니, 평생 운동과 담쌓고 살아온 저는 '운동을 해야 100조 곳 중앙 도서관에 예산이 골고루 편성되려나. 아, 그럼 내가 공부를 못하는 까닭도 운동을 안 해서일까, 세포 도서관 휴관일을 월화수목금토일로 정한 걸까'라고 헛다리를 짚었습니다.

어쩌면 현실의 중앙 도서관도 수많은 책을 쌓아 지식을 나누는 게 아니라 문장으로 사람들을 감독하고 감시하고 채찍질하는 쪽인지도 모르죠.

큰 이변이 없는 한 평생 도서관에 가장 오래 머문 시절은 대학생 때일 거예요. 빌리려는 책은 대기자가 없어 대여할 필요 없이 도서관에 갈 때마다 나눠 읽으면 그만이었습니다. 아무도 소장하지 않아서 독점할 필요가 없었습니다. 문학 코너가 한산해서 이 큰 분야에 혼자라는 생각을 간혹 했어요. 가끔 한두 명 책상에 앉아 맹렬히 공부했고, 보면 문학과 관련 없는 다른 전공 학생이었습니다. 그저 이쪽 자리가 조용하고 집중이 잘되기 때문이었겠죠. 서너 권을 꺼내 라디에이터가 내장된 창가에 앉아 두어 시간 읽어도 누구 하나 지나가지 않았습니다. 창문 바깥 농구장에서 연습하는 무리가 유일한 소음을 만들어줬습니다.

키가 크니까 스스로 농구를 잘할 거라 여긴 때가 있습니다. 축구는 공 한번 건드리지 못하고 계속 이리 뛰고 저리 뛰는 운동이라 오래달리기에 가깝고, 배구는 공을 손에 맞추질 못하니 제자리높이뛰기에 가깝습니다. 운동 신경이 절 안타까워하는 지경의 사람인데도 농구에서는 몇 번의 기회가 있었습니다. 고교생 때 쉬는 시간마다 농구를 연습했고 그만큼 잘하진 못했죠. 연습을 배반하는 마이너스의 재능도 있으니까요. 재능이 없든 말든 농구하는 시간을 좋아했고 즐거운 기억으로 남았습니다.

다시 대학생 때로 돌아와야죠. 전공별 농구 시합이 열려 대표를 뽑기로 했습니다. 그 추억의 감각이 남아서 자원했죠. 그날부터 매일 시간을 정해 다 같이 연습에 몰두했습니다. 전략도 정하고 위기 상황에서 어떻게 대처할지도 정하고 리바운드를 누가 잡을지 속공을 누가 할지 누가 어떤 타입의 선수를 맡을지도 정했죠. 누군가가 우리 팀워크가 너무 좋으니 돌풍을 일으키겠다고 말해, 기대하지 말자면서도 '그래, 팀워크가 좋긴 좋아' 내심 수긍하는 시간이었습니다.

응원 나온 친구들 앞에서 토너먼트 1차전 경기를 시작했습니다. 다들 자신감이 있었어요. 하지만 점프 볼과 함께 그 자신감이 박살났습니다. 우리 팀이 공을 가지고 전진하는 시간이 거의 없었습니다. 어쩌면 그렇게 잘할 수 있을까요. 그들은 저희 패스와 드리블을 다 끊고 속공으로 끊임없이 점수를 올렸습니다. 저는 한 점도 기록하지 못했고 팀 전체가 3점 정도 겨우 넣었을까요. 9:0이 되자 전략도 위기 대처도 담당도 모두 사라지고 매초 매초 좌절만 농구장에 쌓였습니다. 몇 분 지나자 농구에 콜드 게임이 없다는 사실이 처참했어요. 점점 양쪽 누구도 응원하지 않았고, 상대가 어느 순간 대충 뛰기 시작했는데 그걸 눈치챘을 때의 패배감을 기억합니다. 지금부터 어떤 일이 일어나도 이길 수 없다는 공포 비슷한 기분입니다. 경기가 아직도 남았지만 이미 패배했고 그걸 모두 안다는 검은 감정이었어요. 그렇게 1차전에서 탈락했습니다. 완승이라는 단어를 즐겨 쓰지만 그 맞은편에는 완패의 대상이 힘겨워한다는 생각을 자주 합니다.

 농구장 밖으로 빠져나오면서 서로 수고했다며 격려조차 하지 못했습니다. 잠깐 언어 바깥의 세상으로 튕겨져 슬픔과 분노가

섞이는데, 그 감정이 모두 '돌풍을 일으키겠다'고 웃던 때를 향해 더 힘들었습니다. 그런 제가 NBA 올해의 올스타 선수와 일대일로 경기를 하면 어떻게 될까요. 먼저 공격하겠다고 우긴 뒤 휘슬 울리자마자 높이 던져 요행의 한 골을 넣지 못하는 이상 100:0으로 질 터입니다. 100점을 지켜볼 체력인지도 의문입니다. 한 명의 신체를 써서 공 하나를 저 그물에 넣는다, 는 규칙 아래 그렇게나 큰 차이가 생긴다는 사실이 놀랍고 당연합니다.

그때 농구장 옆에서 농구공으로 스스로 개발한 놀이를 시험하는 사람을 발견했다면 어땠을까요. 농구공으로 축구를 하는 엉망진창 파격은 아니지만 간단히 룰 하나 바꿔본다거나 공을 두 개로 늘린다거나요. 드리블을 금지해서 서로 주고받을 때만 전진한다든지요. 규칙을 전부 파괴하지 않으면서 지금껏 철칙처럼 여겨온 방식이 무엇이었을까 잠깐 고민하게 해주는 사람요.

'소스안'에 도착해 늘 왔던 사람처럼 와세카츠덮밥을 주문했습니다. 독일의 슈니첼과 비슷한 형태의 얇은 돈가스, 와세카츠가 올라간 덮밥이죠. 밥 양을 물어보는 질문을 알아듣지 못해 늘 오던 사람이 아님을 바로 들켰습니다. 애피타이저로 우메보시를 받았어요. 980엔 덮밥에 애피타이저가 나오는 점도 재밌는데 우메보시라뇨. 감탄한 건 아닙니다. 그때까지 한 번도 우메보시 한 알을 먹어본 적 없었거든요. 다져 넣은 차항을 먹긴 했는데요, 이렇게 한 조각을 먹지 않았어요. 기회야 많았는데 모모미씨가 한쪽 눈을 찡그리며 "시다, 셔" 할 때 나는 절대 못 먹겠지 싶었습니다. 애피타이저로 삼은 이유가 있겠죠. 결과가 어느 쪽이든 이유를 맛보고 싶어서 별 고민 없이 먹어봤습니다.

세상 다신 못 먹을 맛이다 싶진 않더라고요. 오히려 적당히 신맛과 향이 입속에 빨리 퍼져 혀와 뱃속에 초인종을 누릅니다. 이제부터 맛있는 음식이 찾아옵니다 모두 준비하세요, 시고 짠 목소리로 알립니다. 수프나 죽처럼 작은 요리까지 가지 않으면서 한입만으로 본식을 기대하게 만듭니다. 작은 종지에 담아 먼저 주기 때문에 요리를 기다리는 시간이기보다 소형 코스 요리가 시작되었다고 느끼죠.

가게를 둘러봤습니다. 계획된 인테리어로 조리대과 카운터 자리를 나누고 테이블석이 없습니다. 손님 쪽에서 보이는 조리대에서는 튀기기만 하고 다른 조리나 준비는 안쪽 주방에서 따로 하는 형태, 까지 생각했을 때 요리가 나왔습니다. 예? 적어도 한 문단은 생각할 줄 알았는데요. 혹시 미리 만들어놓고 조합만 해서 내는 건 아닐까 잠깐 의심했습니다. 짙은 나무 쟁반 위에 뚜껑 덮인 밥공기, 양배추가 든 된장국, 정체 모를 소스, 찬이 놓였습니다. 뚜껑이 닫힌 상태로 나오는 요리를 좋아합니다. 내어질 때 흘끗 보질 못하니 뚜껑을 열 때 순식간에 눈으로 맞닥뜨리는 감각이 좋습니다. 영화 보면 번쩍이는 은쟁반에서 커다란 은 뚜껑을 열어젖혀 아름다운 요리가 등장하잖아요. 아스파라거스가 전체 구도에 균형을 잡고 소스가 도레미파 크기로 플레이팅을 완성하는 요리요. 아직 그런 요리를 먹어보지 못해서 실제로 고급 레스토랑에 가면 혹시 그 뚜껑 제가 열면 안 되냐고 귀찮게 굴 사람입니다.

덮밥 뚜껑을 열려는데 점원이 다가와 한국 사람이냐고 우리말로 물었습니다. 맞장구치니 한국어를 공부하는 중이라더군요. 한국어를 약간 하는 일본 점원과 일본어를 약간 하는 한국 손님이 서로 타국의 말로 묻고 답했습니다. 아까 정체 모르던 소스를 가리키며 "저 소스 아주 맵습니다" 경고했어요. 매운 음식을 못 먹어서 바짝 긴장했습니다.

정말 뚜껑을 열기 전에 돈가스덮밥 이야기를 하려고요. 돈가스덮밥을 자주 먹지 않는데요. 달걀이 밥과 어우러지지만 돈가스와 그렇게까지 뒤섞일 재료인지 잘 모르겠어요. 오사카의 '돈가스 이찌방' 이라는 가게에서는 돈가스 정식에 달걀 물을 따로 주었는데 소스처럼 찍어 먹으니 좋았습니다. 방식 문제인가 생각해보니 탕수육은 또 부어 먹는 쪽이라 이도 저도 아닌 변덕인가봅니다. 돈가스덮밥을 싫어하기보다 선택하는 순간에 늘 로스가스에 밀립니다. 히레가스처럼요.

덮밥의 또다른 가능성을 위해 이곳 소스안을 찾았습니다. 달그락 좋은 마찰음을 들으며 밥공기 뚜껑을 여니 얇은 돈가스 몇

장이 마치 장판처럼 밥을 뒤덮었습니다. 그토록 빨리 요리가 나온 이유는 두께 때문이겠습니다. 두툼한 돈가스에 최소 6분 이상 필요하다면 와세카츠의 얇은 고기를 튀기는 데 3~4분이면 충분할 테고, 식혀 자를 필요 없어 그대로 밥 위에 얹으면 그만이죠. 와세카츠는 얇고 넓적한 형태라 겹쳐 쌓기 편해 보입니다. 배치하기에 따라 고기가 적절히 휘기도 할 테고요. 빠르게 튀긴 돈가스를 통째로 우스터소스에 담가서 진한 소스 색으로 코팅되었습니다. 우스터소스 향이 기름내를 감싸 먼저 전해집니다. 한입 덥썩 물었을 때 부드럽게 씹히면서 소스-튀김옷-고기의 층이 균일하게 입속에서 퍼져 기분이 좋습니다. 두꺼운 돈가스를 소금에 찍어 먹을 때 강한 고기맛과 소금의 위용이 서로 대결하는 느낌이라면, 와세카츠는 그보다 가벼운 맛, 달짝지근한 맛으로 자연스럽게 밥을 부릅니다. 덮밥 공기 가장 아래에도 소스가 있더군요. 그릇 바닥부터 소스, 밥, 소스에 빠트린 돈가스 순입니다.

얇게 저민 고기 역시 제 역할을 합니다. 홋카이도산 돼지고기를 쓰는데 브랜드 이름이 '꿈의 대지'라 그 무게감에 좀 놀랐지만(꿈도 거창하고 대지도 큰데 두 단어를 붙여버리다뇨), 넓은 토지에서 보리를 주 사료로 기른 돼지라고 합니다. 얇은 쪽과 두꺼운 쪽 두 가지 고기를 쓰는데 두꺼운 쪽이 압도적으로 좋습니다. 얇은 쪽은 튀김옷과 고기와 반대쪽 튀김옷 비율이 1:1:1에 가까워 소스맛이 고기맛을 다소 가리는데, 두꺼운 쪽은 균형이 맞습니다. 두 종류 두께인 줄 모르고 얇은 걸 연달아 먹었는데 후회했어요. 번갈아 먹었다면 더 만족했을 겁니다.

이름 말인데요, 꿈의 대지. 이름대로 간다는 말을 어떻게 생각하세요? 저는 미신처럼 믿는 편입니다. 신봉하진 않고 적당히요. 발전하는 뉘앙스의 이름을 지으면 이름 따라 발전하고 뒷걸음질치는 이름을 지으면 뒷걸음질치는 경우를 많이 봅니다. 책방 이름을 '유어마인드'로 짓거나 북페어 이름을 '언리미티드 에디션'으로 짓는 태도도 그런 마음에서 비롯되었습니다. 뜻이 바로 가늠되지 않으면서 내부로 파고들기보다 외부로 표현하는 이름이고 싶었어요. 브랜드 이름을 '우린 틀렸어'로 지으면 점점 더 틀려지더라고요. 좋은 쪽으로만 이야기했지만 꼭 그렇진 않습니

다. 도쿄 골목에서 무슨 마인드라는 서점을 발견하고 우리와 비슷한 곳인가 반가운 마음에 자세히 보니 영적인 도서를 다루는 곳이더군요…… 그제야 그런 뉘앙스로 읽힐 수도 있겠다 생각했습니다. 책방을 시작한 지 6년이나 지났을 때니 이제 와 바꾸기도 늦었죠.

열심히 먹으며 관찰해보니 각 자리 너머에 계산서가 걸렸어요. 그러니까 자리마다 조리대 쪽에 해당 자리 계산서 용지가 걸려 있고 주문 받으면 점원이 그걸 작성해서 내어주는 방식이죠. 계산서를 한곳에 모아둔다든지 점원이 지니고 다니지 않아 효율적입니다. 그 자리에 맞춰 있지만 손님이 볼 수 없는 위치인 셈이죠. 점원이 계산서를 쟁반 옆에 놓아주었습니다. 그러자 아까 말해준 매운 소스가 생각났어요. 매운 요리를 질색하지만 맛도 모른 채 옆으로 밀어버렸다 말하긴 싫었어요. 티스푼으로 떠 돈가스에 살짝 묻혔습니다. 얼마나 살짝 묻혔는지 알면 놀랄걸요. 소스에 거품이 많아 눈치채지 못했을 뿐이지 묽은 겨자 소스더라고요. 그의 엄중한 경고와 다르게 전혀 맵지 않았어요. 용기 내어

본격적으로 묻혀 먹었는데 자칫 유치한 맛으로 빠질 수 있는 달콤함에 겨자 소스가 감칠맛을 더해줍니다. 알싸한 향이 우스터 소스 맛을 더 복잡하게 만드는데 이 구성이 덜 질리는 쪽 같아요. 한 입 두 입 먹는 속도가 빨라졌거든요.

양배추를 넣은 된장국이 개운해서 겨자 소스를 바른 와세카츠 한입 먹은 뒤 후루룩 마시기 좋습니다. 다른 가게보다 깊고 맑은 맛이 양배추 때문인가 했어요. 그보다 후쿠이현 미소야 된장을 써서 그렇다고 합니다. 방금 깊고 맑다고 했는데 신기한 경지죠. 맑은 맛과 깊은 맛이 서로 해치지 않고 존재합니다.

어느덧 거의 다 먹었습니다. 3분 만에 만들고 5분 만에 먹었네요. 조리도 빠르고 덥썩 금방 먹게 되어 한창 바쁠 시간에도 회전이 빠르겠어요. 패스트푸드가 대형 시스템을 활용하는 방식인 반면 소스안은 주력 메뉴를 정해두고 조리 과정의 효율성을 높여 만드는 시간을 단축합니다. 시간을 단축했다고 맛을 줄이진 않습니다. 요리 핵심인 돈가스만큼은 즉석에서 튀기지만 얇게 저민 재료로 박자를 맞춥니다. 딱 찾던 맛입니다만 돈가스덮밥의 중심이 계란이라고 생각하는 사람에게는 꽤 허전할 수 있겠습니다.

적당한 곁길입니다. 어렸을 때 본 극장판 〈엑스파일: 미래와의 전쟁〉 갈림길 장면에서 멀더, 스컬리가 왼쪽으로 갈지 오른쪽으로 갈지 고민하다 길처럼 보이지 않는 방향으로 직진하죠. 그때전 '저렇게 살지 못할 거야' 예감했습니다. 내 직감 하나 믿고 길이 아닌 길을 개척하는 사람도, 잘 닦인 길을 따라만 가는 사람도 아닙니다. 고속도로 옆에 구불구불한 곁길을 내고 초라한 곁길을 지키고 싶어하는 사람입니다. 쓸쓸하지만 그래서 쓸쓸한 사람들끼리 좋은 동네에 앉아 있을 사람입니다. 고속도로 달리는 사람들은 저렇게 달리는구나, 완전히 새로운 길을 내는 사람은 저렇게 애쓰는구나 관찰하면서요.

마지막으로 종지에 담긴 사과 한 조각을 먹었습니다. 얼핏 단출해 보이는 구성이지만 우메보시 애피타이저로 시작해 와세카츠덮밥 본식, 사과 디저트로 마무리하는 튼튼한 코스 요리입니다. 애피타이저와 디저트라고 대단할 필요 없이 조각으로도 충분합니다. 오히려 공복에 어떤 재료를 먹기 시작하여 어떤 과일로 마무리할지 고민한 흐름이 더 중요하죠. 소스안은 돈가스의 왕도도 아닌, 돈가스덮밥의 정석도 아닌 사잇길에서 나의 방식을 만들어 보입니다. 다른 길도 얼마든지 존재한다는 걸 한 접시 한 접시 증명합니다.

가까운 거리에 와세다대학이 있어 캠퍼스를 산책했습니다. 대학 근처에서 덮밥을 먹어서 대학 시절 생각이 났나봐요. 기억도 제 몸속 중앙 도서관에 모두 저장되었다가 적당한 시기에 친절하게 혹은 가혹하게 떠오릅니다. 대학 캠퍼스에서는 여러 과정이 그대로 드러나 보여 재밌습니다. 잠깐 건물 옆으로 밀어둔 행사 집기들이라든가, 둘셋 모여 심각하게 상의하다 한 명이 답답한지 벌떡 일어나 자판기에서 이온음료를 뽑아 마신다든가, 벽에 기대어 선 채로 급히 노트북 작업을 하는 학생이라든가요. 결과와 과정이 동시에 회전하는 공간입니다. 어떤 과정은 결과를 전혀 만들지 못하겠지만 미완의 기억이 자신도 모르는 사이에 다른 완성에 끼어들겠죠. 매일매일 땀 흘린 연습이 아무 소용이 없었지만 완패의 기억이 와세카츠덮밥에 뒤섞여 즐거운 식사를 한 날처럼요.

와세다역으로 돌아가는 길에 모든 학생들이 짧은 지름길로 가길래 저도 한번 그쪽으로 걸었습니다. 제대로 된 길보다 5초 절약할 수 있을까 싶었어요. 누군가에게는 지름길이고, 누군가에게는 처음부터 이렇게 난 길이고, 모든 생각이 섞여 신기한 길입니다. 역에서 구글 지도를 켜니 정작 와세다대학 중앙 도서관 근처까지 갔다 돌아왔더군요. 앞뒤가 안 맞는 산책을 해버렸어요. 와세카츠로 배가 부르니 괜찮습니다.

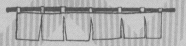

─ 양식 요시카미 ─

洋食 ヨシカミ

1 Chome-41-4 Asakusa, Taito-ku, Tokyo

113가지 선입견

생각도 많고 기준도 많고 선입견도 많습니다. 고집도 센 편인 데요. 고집부려 원하는 바를 이룰 때보다 고집이 부러지거나 선입견이 깨져 새로운 상태로 나아갈 때가 기억에 선명히 남습니다. 선입견이 마음에 단단하게 굳어 자리잡으면 소화불량에 걸릴까봐, 성벽을 쌓긴 하지만 허술하게 만듭니다. 언제든 허물거나 구멍 낼 수 있게 말이죠. 두꺼운 벽으로 타인의 생각을 정복하려는 사람을 멀리합니다.

자신이 일반적이라는 생각, 곧 스스로 상식적이라는 생각을 하게 되면 그걸 기준으로 상대에게 무턱대고 질문을 던지게 되죠. "왜 채식을 하세요?"라거나, "왜 아이를 안 낳으세요?"라거나, "왜 결혼을 안 하세요?"라거나, "왜 회사를 안 다니세요?"라거나, "왜 서울에 안 사세요?"라거나, 이유를 묻지만 수긍할 준비가 되지 않은 질문들요. 합당한 이유가 반드시 필요하다고 강요하는 질문들요. "그냥 제가 좋아서요" 같은 대답을 허용하지 않죠. 당신 삶의 태도는 이런 공격적인 질문을 들어 마땅하다고 정의해 버리는 문장을 격파하고 싶어요. 지금 내가 따져 물어야 내 삶이 안전하다고 여긴다면 그 위태로운 마음부터 정기 점검해보는 편이 좋겠습니다.

제 선입견 중에 '메뉴가 많은 곳은 맛이 없다'도 있는데요. 일본식 양식당 '요시카미'에는 메뉴가 70가지가 넘습니다. 공식 홈페이지 기준으로는 77개입니다. 음료를 뺀 숫자예요. 음료가 36가지니까 총 113개입니다. 눈에 띄는 요리만 읊어보겠습니다. 스테이크, 비프커틀릿, 스튜, 오믈렛, 가리비튀김, 새우튀김, 나폴리탄, 그라탱, 스파게티, 닭고기 튀김, 치킨커틀릿, 햄버그스테이

크, 게 크로켓, 햄버거 샌드위치, 계란 샌드위치, 살라미 소세지, 카레라이스, 볶음밥, 토스트…… 아무런 부연설명 없이 음식 이름만 읊었는데 이렇게 행복할 수가 없습니다. 더 말해보고 싶습니다. 비프 도리아, 미트볼 스파게티, 치킨 소테, 양고기 스테이크, 햄 샐러드, 드라이 카레, 하야시 라이스……

양식당 요시카미는 제 쓸모없는 선입견 하나를 완전히 부순 곳입니다.

식사 시간에는 줄을 길게 선다고 알려져 시간이 자유로운 여행자는 평일 오후 2시 40분을 골랐습니다. 테이블이 군데군데 비어 있어 쾌재를 외쳤어요. 카운터 자리로 안내 받아 메뉴를 쓱 본 뒤 바로 주문했습니다. 서울에서 미리 주문할 요리를 정해놨으니 후회 없습니다. 1950년대 시작한 식당으로 개점 60년이 넘었습니다. 붉은 체크무늬 식탁보와 적색 의자, 빨간 커튼과 짙은 나무 벽이 서로 아름답게 조화합니다. 자세히 보면 가게 내부가 극도로 산만해요. 유명 방문자의 사인, 달력, 사진들, 메뉴 안내, 신문,

전단…… 벽면이 강박적으로 채워졌습니다. 메뉴판이 따로 필요 없을 수준으로 벽에 메뉴 안내가 가득한데 절묘하게도 위화감이 들지 않습니다. 성심껏 붙였다기보다 60년 동안 하나씩 더해졌기 때문일 겁니다. 공간이 나이들어가면서 인테리어도 시간의 영향을 받죠. 사진으로 다시 보면 대단히 어수선한데요, 방문했을 때는 그곳이 지닌 시간의 힘에 압도되어 느끼지 못했습니다.

카운터 자리에 앉아 있는 동안 여기 앉기를 잘했다고 생각했어요. 돈가스 기행 하며 카운터 자리에 더 많이 앉았습니다만 돈키, 돈가스 아오키, 신후지 본점, 니시무라와 다른 한 가지가 있습니다. 속력입니다. 예닐곱 명의 조리사가 넓지 않은 주방을 누비며 빠른 속도로 요리를 완성해요. 한 명은 주문에 맞춰 재료를 나르고 두 명은 접시를 미리 세팅하고 두세 명은 번갈아 가스 조리기 앞에서 세 개의 팬을 담당합니다. 센 불로 요리하는 일이 많아 조리기 쪽 카운터 자리에는 투명 보호막이 설치되었습니다. 그곳에서 바라보는 프라이팬 조리 장면이 굉장합니다. 주문을 기다리면서 비프스테이크, 나폴리탄 스파게티, 포크소테 만드는 광경을 봤습니다. 포크소테를 위해 작은 프라이팬을 꺼내 가스불 위에 얹고, 국자로 기름을 떠 두른 뒤, 정말이지 한참을 가열합니다. 저렇게 아무것도 올리지 않고 오래 달궈도 괜찮나? 싶을 때, 차가운 돼지고기를 올려, 기름이 튀는 걸 아랑곳하지 않고 팬을 기울여 기름을 모으고, 큰 집게로 눌러 더 세게 태웁니다. 바짝 태운 돼지고기를 뒤집었을 때 적당히 그을린 면이 보이며 탄내가 나 침을 삼켰습니다. 한쪽에 올려둔 포크소테가 익는 동안 옆에서 동시에 나폴리탄 스파게티를 볶습니다. 요리가 끝날 때 팬을 바로 앞에 내려놓고 남은 열로 마저 익히면서 바로 또 새로운 요리를 시작합니다. 한 사람이 쉬지 않고 다섯 접시를 연달아 완성해요. 가스불 꺼질 틈이 없습니다. 편집도 없고 BGM도 없고 자막도 없지만 최고의 쇼 프로그램이었습니다.

체계 없이 산란해 보이지만 가스 조리대 담당이 앞만 보고 요리할 때 정확히 필요한 시점에 뒤에서 다른 담당이 손을 뻗어 재료를 팬에 얹습니다. 특별히 서로 소리치거나 요청하지 않고도 적기를 놓치지 않는 모습을 보니 호흡을 오래 맞춘 사람들인가

봅니다. 볶음밥 2~3인분을 한꺼번에 볶을 때는 기름이며 재료며 밥이 사방으로 튀어나갑니다. 지금까지 인테리어가 수선스러우면 주방 위생도 비슷하기 마련이라고 생각해왔어요. 인테리어는 시각적인 면이고 주방 위생은 요리의 기본 조건이니 가게의 성격이 전부 동일하게 적용할 거라 지레짐작했죠. 중간에 잠깐 주문이 끊어졌을 때 직원들이 팬을 전부 치우곤 조리대를 청소해서 그 생각을 바꿨습니다. 행주로 요령껏 치우겠지 싶었는데 세제로 말끔히 치우더군요. 오픈 전후 청소로 부족해 중간중간 본격 청소할 만큼 주문 많은 양식당 풍경이 색다릅니다.

포크소테를 주문하지 않았으니 누군가의 테이블로 갈 요리를 지켜보기만 했습니다. 좀 무서웠어요. 이렇게 메뉴가 많은 식당에서 조리 과정을 세세히 보는데 전부 맛있어 보였으니까요. 카운터 자리에 앉으면 십중팔구 한 접시 더 시키겠다 싶었습니다. 워낙 적게 먹는데다가 점심을 먹고 들른 참이라 무리였지만요. 이럴 때면 대식가가 부럽습니다. 생햄과 롤빵으로 시작해 치킨소테와 비프스튜로 반환점을 돌고 새우튀김과 맥주로 마무리하면 좋겠습니다. 저는 생햄과 롤빵, 치킨 소테쯤에서 너무 배부르다며 겨우 다 먹을 사람이라 아쉬울 따름이죠.

오픈 키친은 요리사와 손님 사이 긴장을 더해 서로 더 신경쓰게 합니다. 어디에서 어떻게 만드는지 모를 요리를 포장해 집에서 먹는 방식의 반대편이죠. 각자 편의를 조금씩 떼어 요리의 질을 보장하고 매너를 갖춥니다. 무작정 믿는 마음이 아니라 감추지 않아 쌓이는 신뢰 같죠. 일전에 모모미씨에게 카페나 공공장소에서 다리를 끊임없이 떠는 사람이 싫다고 말했는데요. 그는 "당신도 가끔 떨어"라고 대답했습니다. 그럴 리가 없다고 생각하면서 그 말을 머릿속에 플래카드로 붙여놓았어요. 일주일쯤 지났을까, 혼자 커피점에서 일하던 중 다리를 떨더라고요. 부끄러워서 머릿속 플래카드를 바로 뜯어버렸습니다. 또 "~거든요"라고 말을 끝내는 방식을 싫어하는데요. 지금까지 이 책에서 여덟 번이나 썼더군요…… 누군가를 향해 "왜 저렇게 사나 몰라" 혀를 찰 때 그 '저렇게'에 언제나 나 자신이 묻어 있습니다. 오픈 키친의 장점이 필요합니다. 서로 협력하며 좋은 삶을 떠올리지만 그 아래에는 옅은 긴장과 감시가 깔리는 관계요.

드디어 돈가스샌드위치가 나왔습니다. 식빵을 구운 뒤 바짝 튀긴 돈가스에 소스를 한쪽만 묻힙니다. 식빵 한 장을 깔고 소스가 묻지 않은 면을 아래로 해서 올립니다. 그럼 소스가 잔뜩 묻은 면이 위로 향하니 그 위에 양배추 채를 쌓고 다시 빵을 덮습니다. 식빵 귀퉁이를 잘라내고 네 조각으로 잘라 완성하더라고요. 절반은 똑바로 자르고 절반은 사선으로 잘라 네 조각 중 사선으로 잘린 하나를 세워 접시에 담습니다. 세 조각은 빵이 보이고 한 조각은 단면이 보이게끔 해서 조각난 빵만 보이는 단조로움을 피합니다. 손님이 굳이 들춰보지 않아도 서빙되는 순간 요리의 구조를 알게 하죠. 소스를 한쪽만 묻혀도 만드는 과정에서 조금씩 흘러 아랫면까지 스미지만, 소스가 담뿍 묻은 면에 비할 바 아닙니다. 양배추 채는 소스를 흡수하며 빵이 축축해지는 걸 막죠. 구운 빵의 단단함도 도움이 되고요.

함께 시킨 커피와 돈가스샌드위치가 앞에 놓였습니다. 커피를

주문할지 맥주를 주문할지 콜라를 주문할지 꽤 망설였는데요, 보통 이런 식당에서는 미리 내려둔 커피 머신 커피를 쓰니 향이 날아간 채 데운 커피맛이 나서요. 맛에 확신이 없는 쪽, 커피부터 마셨습니다. 일반적인 레귤러 커피보다 작은 잔에 담겨 과감하게 쓰고 좋은 커피였습니다. 이 글을 쓰는 지금도 모르겠습니다. 커피 머신류는 아니었고요, 만약 미리 내려둔 커피가 이런 맛이 난다면 오히려 비법을 알아내 그대로 따라 하고 싶습니다. 그렇다고 이렇게 바쁜 식당에서 한 잔씩 드립 커피를 만드는 것이 가능할까요. 500엔이라는 가격이 있으니 머신 커피는 아니고 드립으로 커피를 내릴 때 적은 양을 빠르게 내리는 게 아닐까 생각했습니다. 섬세하고 부드러운 커피가 아니라 강하고 진해서 함께 나오는 기름진 서양식에 지지 않습니다. 입가심용이 아니라 확실한 음료 한 잔이죠. 커피점도 아닌데 맛이 이러면 자연히 밥을 기대하게 되죠.

벽을 하나 사이에 두고 앞쪽은 식사를 만드는 주방, 건너편은 음료와 술을 만드는 주방인 듯했습니다. 가게를 확장하면서 정해졌을 법한 구도인데요. 음료와 식사 제조가 구분되어 서로 영향받지 않아 좋습니다. 스파게티가 다 만들어질 때쯤 뒤쪽에서 커피 한 잔 스윽 나타나는 거죠. 그렇게 서로 맞춘 호흡이 궤도에 올라 보였습니다. 빠르고 안정적이죠.

돈가스샌드위치를 한입 먹었습니다. 따뜻한 빵을 씹을 때부터 이 샌드위치가 맛있을 거라 직감합니다. 넓고 큰 돈가스가 아니라 작고 긴 돈가스를 잘라 겹쳐 넣었기 때문에 그게 한입의 기준이 됩니다. 네 조각을 먹을 때 한 조각을 반으로 잘라 먹게 되죠. 다른 돈가스샌드위치는 먹을 때 살코기 부분을 이로 잘라 먹다 보니 육질이 중요하고, 또 식을수록 빠르게 딱딱해지죠. 요시카미의 돈가스샌드위치는 고기가 한입 크기로 전부 들어오니 더 바삭거리고, 식어도 본연의 식감이 오래갑니다. 가게 입장에서 빵 크기의 고기를 준비해야 하는 부담도 덜죠.

소스가 중심을 잘 잡아주고 커피가 강한 향으로 기름내를 밀어냅니다. 순식간에 두 입을 먹곤 정신을 차렸습니다. 이걸 여덟 입에 끝내기엔 너무 아쉬워서 최대한 천천히 먹었습니다. 천천히 먹어도 여덟 입은 여덟 입인데도 마음이 그냥 그랬어요. 여기 카운터 자리에 앉아서 오래 머물고 싶었습니다. 샌드위치를 먹는 중에도 앞쪽 주방에서는 미세한 전투가 이어졌습니다. 숙련된 노동의 장면에는 숭고한 아름다움이 있습니다. 무한히 반복하는 쪽이든 매번 새롭게 창작하는 쪽이든 관계없습니다. 요리는 매번 10분 내외로 계속 완성하는 무엇이지만 동시에 개점 60년에 걸쳐 완성하는 무엇이기도 하죠. 돈가스샌드위치를 만든다면 정석대로의 레시피를 정직하게 끝냅니다. 고집이겠죠. 긴 시간을 이토록 친절하고 바삐 고집부려준다면 얼마든지 환영입니다.

이렇게 편안한 이유가 이것뿐일까 고민했어요. 천천히 식당 안을 돌아보니 아무도 담배를 태우지 않았습니다. 네, 요시카미는 점내 금연입니다. 일본에서 커피점이나 오래된 식당, 술집에선 보통 흡연이 가능하죠. 무엇보다 요시카미의 내부 모습이 너무나 흡연이 가능할 공간처럼 생겼는데 말이죠. 다행입니다. 다행이에요. 담배를 피우지 않는 사람에게는 완벽한 곳이네요. 흡연이 가능한 커피점에선 저도 묵묵히 참으며 커피를 마시는 편이니 모쪼록 애연가 여러분도 요시카미에선 묵묵히 참으며 식사해 주시길 바랍니다.

'메뉴가 많은 곳은 맛이 없다'는 기준이 허물어졌습니다. 한 가지 요리에 집중해 평생을 보낸 장인도 있겠지만 열 명의 요리사가 서로 회전하며 주방을 지키고 모든 요리를 평균 이상으로 끌어올리는 소집단도 있는 모양입니다. 그렇게 예외란 얼마든지 더 있겠군요. 70가지가 넘는 메뉴를 전부 먹어보고 싶습니다. 양식당 요시카미는 스스로 '독창적인 요리는 없다'고 소개합니다. 고전 요리에 새로운 해석을 더한다든가, 창작 음식을 선보이지 않지만 이미 잘 알려진 레시피를 충실히 만들어갑니다. 메뉴가 쌓이고 인테리어가 쌓이고 시간이 쌓인 식당에서 좀처럼 나오고 싶지 않았습니다.

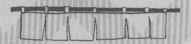

― 돈가스 긴자 니시무라 ―

とんかつ 銀座 にし邑

3 Chome-12-6 Ginza, Chuo-ku, Tokyo

우주보다 서랍, 비법보다 시간

누군가를 만났을 때 질문하는 걸 좋아합니다. 주로 그 사람의 직업이나 좋아하는 일, 잘하는 일을 묻곤 하는데요, 살면서 전문가를 만날 일이 드물기 때문입니다. 각자 자신의 영역에서 나름의 전문 노하우를 체득하게 되는데 그런 정보는 서비스 혹은 업무의 틀 뒤에 있기 마련이라 그냥은 잘 알 수가 없죠. 그걸 묻고 답하는 편입니다. 의사 선생님, 딱히 저를 담당한 적 없는 주치의에게 진찰을 받고 여느 때처럼 그가 살 좀 찌우라고 권유할 때, 그런데 왜 살이 더 빠지진 않을까요? 물었다가 당신 키에 그 무게가 뼈와 장기에서 더 양보할 수 없는 무게라 더 빠지면 큰일나는

데 무슨 한가한 질문이냐고 혼나기도 했습니다. 인쇄소에 가면 기장님과 실장님에게 인쇄 DPI에 따라 어떤 차이인지, 얇은 신문용지를 왜 꺼리는지, 저기 스튜디오 이름이 쓰인 별색 통은 얼마나 보관하는지 물어봅니다. 인쇄판의 핀을 맞추는 기계의 원리에 대해서는 두 번이나 들었는데 아직도 이해를 못했습니다. 영화감독님을 만나면 액션 영화에서 칼로 찌르는 장면의 특수 효과는 요새 어디까지 발전했는지, 안으로 칼날이 접혀 들어가는 칼은 이제 안 쓰겠죠? 물어봅니다.

새로운 걸 무서워하면서 궁금한 게 많습니다. 이 문장은 저에게 모순이 아닙니다. '성격이 느긋한데 조바심이 심하다'는 문장도 성립하고, '워커홀릭이 아닌데 일을 많이 한다'는 문장도 성립합니다. 산만한 바람에 업무의 효율이 떨어져 같은 일도 더 오래 하니 한 가지 일을 길게 붙잡고 있습니다. 일하면서도 SNS를 본다든가 로튼토마토에 들어가본다든가 하며 쉬듯 일하고, 쉬면서도 메일 알림을 본다든가 다른 사람들의 작업을 찾아본다든가 하며 일하듯 쉬어서 업무와 여가가 서로 혼재합니다. 자면서도 메일 알림을 본 기억이 살짝 나서 언제나 일하는 듯하지만 뒤집어보면 언제나 쉰다고 할 수도 있겠습니다. 일의 성격상 정확히 구분하기 어렵기도 합니다. 이 글을 쓰는 행위는 일일까요, 쉼일까요. 어느 쪽인지 잘 모르겠어요. 이웃 나라에 가 맛있는 돈가스를 찾아 먹고 그 앞뒤의 생각을 중얼거리는 글에는 업무와 여가가 반씩 섞여 있습니다. 인스타그램은 쉴 때 보는 거죠! 그죠? 잘 모르겠어요. 인스타그램을 보면서 지금 활동하는 작가가 누구이고 무엇을 새로 만들고 있고 어떻게 말하고 표현하는지 찾고 확인하고 감탄하고 시기하고 목록으로 만드는데, 쉰다고 하기도 뭐하고 일한다고 하기도 뭐합니다. '이 혼란에도 우주가 있지요' 하며 그럴싸한 말로 대충 넘어가면 편하겠지만 이제 그보다는 정돈되면 좋겠어요. 우주보다는 서랍이 필요합니다. 미니멀리스트까지는 아니고 그렇다고 아무것도 버리지 못해 자신의 짐에 깔려 다친 사람도 아닌, 적당히 정돈하고 적당히 버린다고 생각했다가 '아, 그때 그걸 왜 버렸지' 후회하는 정도면 좋겠습니다.

그날도 이게 일인지 쉼인지 헷갈리고 있었습니다. 점심 마지막 주문 시간을 놓치면 안 된다는 생각에 도쿄역에서 택시를 탔습니다. 도쿄역에서 걸어서 14분, 대중교통도 애매한 거리였거든요. 일상이었다면, 휴가중이었다면 다른 요리를 먹고 내일 가면 되지, 했겠지만 일과 휴식 사이에 낀 기행이니 재빨리 찾아가야 했습니다. 일본의 택시는 아무리 가까운 거리라도 네비게이션 사용을 요청하면 다들 들어주니까 그걸 믿고서요. 도쿄 택시는 제 잔고를 훔치러 온 악당처럼 미터기가 너무 빨리 뛰지만 짧은 거리를 정확하게 찾아가고 싶을 때 유용합니다. 덕분에 5분만에 가게 앞에 안착했습니다.

'니시무라'의 문을 드르륵 열었을 때 통로에 서서 기다리는 네다섯 사람이 먼저 보였습니다. 통로가 무척 좁아서 카운터에 앉은 사람과 뒤에 서서 기다리는 사람 사이로 한 사람 겨우 지나갈까 말까 합니다. 그 구도 때문에 원치 않는데도 기다리는 사람이 먹는 사람의 등 혹은 뒤통수를 하염없이 바라봐야 합니다. 노려봐야 합니다. 다른 일로 한숨 쉬면 앞에서 먹는 사람이 체할지도 모르겠습니다. 그렇다고 뒤돌아 혼자 벽을 보고 있으면 나름 또

다른 불편함을 선사할 테죠. 어떻게 기다리면 좋을지 고민하다가 먹는 사람들 어깨와 어깨 사이로 눈을 뻗어 가게를 관찰하기로 했을 때 점원이 다가와 "로스 정식 괜찮습니까?"라고 물었습니다. 워낙 주문 비율이 높아 기본 질문이 되었는지 독심술인지 모르겠지만 아쉽게도 전자겠죠. 후에 후기를 찾아보아도 메뉴를 먼저 묻는다는 글이 보이지 않아서 들어오자마자 '아 저 녀석은 로스파다' 관상으로 읽었길 억측했습니다. 가게로 들어간 후 얼마 지나지 않아 바깥 '영업중' 안내판이 '준비중'으로 바뀌 걸렸습니다. 자리에 앉길 기다리는 중에 영업이 종료되면 여러 기분이 드는데요. 점심의 한계선에 들어왔다는 안도감도 느끼고, 이후에 바뀐 안내판을 보고 아쉬워하는 사람들을 보며 우쭐함을 느끼는 동시에 이런 자신이 한심하기도 합니다. 무엇보다 표면으로는 영업중이 아닌 가게에 남아 식사를 하는 느낌이 재밌습니다. 중간에 붕 뜬 기분이 들어서요. 이후에 온 손님이 보기엔 점심 영업을 마감한 가게에 남아 고군분투하는 마지막 손님이죠. 이 좋은 분위기의 가게에 점점 자리가 비어가지만 서로 정한 규칙에 따라 아무도 더 들어올 수 없고 점심 마지막 손님이 나가면 몇 시간 동안 빈 공간이 됩니다.

이 가게를 갑자기 24시간 영업으로 바꾸면 어떻게 될까요. 맛이 망가지는 속도가 얼마나 빠를까요. 대단한 가게가 그 맛을 유지하는 비결은 조금 전 바꿔 건 '준비중'에 있을지도요. 재료 소진 마감도 마찬가집니다. 저녁 4시간 동안 영업하는 가게에서 3시간 만에 재료가 떨어지면 마침 그때 도착한 저는 다분히 서럽겠지만 재료가 기준이 되는 방침을 이해할 수 있습니다. 주재료를 그때그때 신선하게 채울 수 있고 버려지는 양도 줄겠죠. 주방장의 컨디션도 50인분에 맞춰 있다면 51인째 주문부터 가게가 설정한 맛에서 벗어날 수도 있을 테고요. '왜 더 만들지 않지? 왜 재료를 더 갖추지 않지?' 싶다가도 그걸 즉흥적으로 더 만들기 시작하면 평균의 맛 혹은 내일의 맛이 나빠질 가능성이 있겠습니다.

그렇다고 모든 가게의 모든 규칙을 이해하진 않습니다. '수~목 오전 9시~오후 3시 운영, 부정기 휴무'라거나 '5월은 무휴, 6월은 사흘만 운영'이라거나 '운영 시간은 매일 10시 페이스북에 올라옵니다'라고 써서 확인하고 가보니 '아, 시간을 잘못 적었네요'라고 하품하며 늦게 나타나는 가게를 마음 두고 가긴 어렵죠. 예전에 나라현의 요시노산에 갔을 때 일입니다. 유명한 두부 가게 영업일에 들렀더니 대문 앞에 '오늘 쉽니다. 죄송합니다'라고 쓰여 있어 아쉽지만 내일 다시 오자고 생각했죠. 다음날 운영 시간에 맞춰 갔더니 똑같은 문구가 그대로 있어서 '주인장이 마음만 먹으면 언제든 오늘이 될 무서운 표기잖아' 하고 좌절했습니다. 운영자 자신도 스스로 정한 패턴을 지키면서 방문자에게도 요청할 때 서로 행복한 공간이 됩니다.

힘주어 말하지만 처음부터 그런 운영 철학을 가지고 있던 것은 아니고요, 시간에 걸쳐 알았습니다. 2011년인가 책방을 멋대로 쉰 적 있어요. 정말 제멋대로였습니다. 돈키처럼 멋있게 제멋대로도 아니고 특색 없이 이유 없이요. 잠에서 깨어 조금 피곤하다 싶으면 문 앞에 '오늘 임시 휴무입니다' 내걸고 가게를 닫곤 했습니다. 즉흥에 따라서요. 손님이 적게 오기 때문이라 합리화했지만 그렇게 운영해서 적게 온다는 걸 몰랐죠. 얼마 지나지 않아 무서운 사실을 확인했는데요, 그렇게 불규칙하게 운영하면 공간에 그 불안정한 기운이 서립니다. 모순된 행동이죠. 사람들이 관심을 두고 찾아와주는, 올라와주는 5층 가게라 설정해놓고 그 관심을 무작위로 꺾었으니까요.

차렷하고 더 기다렸습니다. 차렷 자세를 좋아합니다. 학생 때 국민체조 하면서도 차렷할 때 행복했어요. 시작과 끝이니까요. 중간에 허우적거리는 과정은 다 귀찮았습니다. 아, 아홉번째 '노 젓기'만큼은 좋아했습니다. 노를 서서 젓는다는 사실이 우습고

그때 음악이 더 극적으로 변해서요. 차렷을 좋아하는 이유는 또 많습니다. 팔짱 끼거나 뒷짐지어 일상마저 매사 비평하는 재판관이 되고 싶지 않습니다.

시도 때도 없이 다리를 꼬던 때도 있었는데 허리가 나빠 그만두었습니다. 어깨가 좁고 허리가 꼬여서 다른 사람이 보기엔 구부정해 보이지만 최대한 꼿꼿하게 서는 중입니다. 내가 짐작하는 나와 다른 사람이 보는 내가 늘 그렇게 엇나갑니다. 스스로 무척 우울한 사람이라고 생각했다가 어떤 분이 '우중충한 사람 중 가장 밝은 사람'이라고 해주어 빈말이라도 그 차이에 즐거웠어요. 내 눈에 비친 나와 타인의 시각 사이의 간격이 무언가를 도모하게 해줍니다. 각성이든 반성이든 발전이든 퇴보든 활동이든 그 간격에 자리잡아 틈을 넓힙니다.

카운터와 벽 사이에 서서 별생각을 다 했습니다. 주방 쪽 벽에 돈가스 가게치곤 많은 메뉴가 쓰였습니다. 저녁에는 주점처럼 작은 메뉴를 여럿 늘려 운영됩니다. 생각하니 돈가스 가게에서 돈가스를 안주로 먹어본 적 없네요. 얼마나 맛있을까요. 왜 그 생각을 못했을까요. 값비싼 이자카야에서 비교적 저렴한 점심 정식으로 가게를 홍보하는 경우를 더러 봅니다만, 니시무라는 반대입니다. 돈가스 전문점에서 그 튀김을 동력 삼아 저녁을 주점으로 확장하는 식이죠. 어느 쪽이 더 핵심이냐의 문제 같습니다. 이자카야가 주점이 중심이라면 니시무라는 식당이 핵심입니다.

자리에 앉으니 계산서를 미리 주길래 아는 모든 일본어를 동원하여 "작은 맥주가 있나요?" 물었습니다. 안주 메뉴를 떠듬떠듬 읽으려 애써서 맥주 생각이 났나봅니다. 점원은 물컵을 가리키며 그보다 약간 큰 생맥주라고 했습니다. 그 정도면 점심에 마실 수 있는 한계치니 좋다고 주문했습니다.

혼자 온 손님이 많아 자칫 지나치게 고요해질 수 있는 가게 구조인데 주인장과 주방장, 점원의 추임새가 바삐 흘러 분위기를 이끕니다. 가족이 운영하는 곳이어서 더 자연스럽기도 하고요. 서로 주문을 주고받거나 요청하는 소리가 맛을 보장합니다. 말하지 않아도 아는 사이도 좋지만 표현을 점점 아끼다보면 괴이한 오해들이 쌓이죠. '지금 내가 말하지 않아도 저 사람이 이해한 걸까? 그걸 물어보기에 우린 너무 오래 말하지 않아도 아는 사이인 걸 자랑스럽게 여기며 지내오지 않았나?' 이런 생각을 거듭하다 관계가 무섭도록 딱딱해집니다. 호칭과 암호와 표현을 오가며 서로 요청하고 행동하는 관계가 흥 돋는 맛을 만듭니다. 의도적으로 크게 소리쳐 분위기를 조장하는 가게 말고요. 분주한 느낌을 내자고 필요 없는 대화를 외치는 가게에서는 말이 흩어지는 티가 납니다. 시끌벅적 다 같이 손님에게 감사를 외치는 이자카야에 가면 아이고 깜짝이야 놀라면서 동시에 공허할 때가 있습니다.

할아버지 주방장이 돈가스를 썰고 할머니 주방장이 주방을 감독하는데 할머님의 추임새가 끊임없이 흐릅니다. "예" "로스 하나" "양배추 담고" "감사합니다" "두 개 더" "거기 앉으세요" "지금 두 개 더 튀겨주세요" "예예" 밝게 계속 이어집니다. 밥을 담다가 혼자 "아리가또!"라고 하셔서 주위를 둘러보니 아무도 계산하거나 일어서지 않았더군요. 습관이신가, 언제나 추임새를 많이 넣는 편이신가 생각했습니다.

정식이 나왔습니다. 산처럼 쌓인 양배추가 먼저 보입니다. 보통 둥글둥글하게 쌓기 마련인데 양이 많아도 너무 많아 산처럼 뾰족합니다. 양배추 채 앞 돈가스가 초라해 보일 지경입니다. 밥도 한가득입니다. 과연 다 먹을 수 있나 고민했습니다. 심지어 밥과 양배추는 한 번 리필이 가능합니다. 장국 표면이 특이하다고 느꼈지만 우선 돈가스부터 먹어야죠. 로스가스가 무척 안정적으로 보였습니다. 튀김 색이며, 튀김 가루 입자며…… 기름 냄새가 먼저 나지도 고기 냄새가 먼저 나지도 않습니다. 한입 베어 먹었는데요. 어? 하면서 재빨리 양배추와 밥을 한껏 먹었습니다. 빨리 한 점 더 먹고 싶어서요. 보기에 안정적인 만큼 맛도 균형 잡혔습니다. 돈가스라는 문화를 체감하고 싶은 사람에게는 '돈키'를, 새로운 단계를 경험하고 싶은 사람에게는 '돈가스 아오키'를, 평소 돈가스를 좋아하지 않았는데 이번에 입문하고 싶은 사람에게는 이곳 '니시무라'를 추천하겠습니다. 그만큼 맛이 어렵지 않

은데, 그렇다고 무난하다는 말로 설명을 그치면 이 로스가스에 실례입니다. 쉬지 않고 먹을 수 있습니다. 꿀꺽꿀꺽 넘어가요. 신기하죠. 돈가스가 부드럽게 꿀꺽꿀꺽 넘어가는 종류의 요리가 아니잖아요. 돼지고기 두께를 유지하면서 뜨거운 기름에 튀기니혀나 위장에 편한 요리는 아닐 텐데 어떤 비법일까요.

그 중심에 고기가 있습니다. 밑간해서 저온에 숙성한 고기를 쓴다고 해요. 시칠리아산 소금도 한몫 거들지만 미리 숙성시킨 고기 역할에 비교할 바 아닙니다. 매일 손님이 대기하는 가게가 고기를 숙성시켜 쓰기 쉽지 않을 터인데 대단합니다. 돈가스소스도 직접 만든다니 아까 이야기한 '준비중'의 역할이 더욱 주요하겠어요. 고기의 상태가 워낙 좋으니 바짝 튀기지 않아도 씹는 맛이 충분합니다. 절반 먹을 때 부드럽게 잘리며 고소한 육즙이 흘러요. 비계가 많은 절반을 소금에, 나머지 절반을 소스에 찍어 먹길 권하는데, 그래서인지 누구보다 자신이 만드는 돈가스를 잘 파악하고 있다고 생각했습니다. 지방이 많은 끄트머리는 강한 소금의 짠맛으로 중심을 잡고 살코기가 많은 부분은 우스터소스로 향을 맞춥니다. 부드러우면서 녹을 듯 흐물거리지 않고 고기의 존재감을 놓지 않습니다. 숙성 방법을 묻고 싶었지만 실례일 테니 참았습니다. 숙성했다고 다 좋은 맛을 내지 않죠. 시간과 공간 효율을 낮춰가며 번거롭게 준비했지만 생고기보다 못한 결과를 내는 가게도 많습니다. 그 노력으로 더 좋은 품질의 생고기를 구비하는 쪽이 좋다는 사람도 있겠고요. 그렇기에 니시무라가 찾은 절묘한 값에 주인장의 고민과 실패의 과정들이 고스란히 들었습니다. 이처럼 최상의 값을 찾기 위해 분투한 결과를 먹는다는 기쁨이 찾아들 때가 있는 반면, 어떤 가게에서는 실패하는 과정에 동참하고 있구나 슬프기도 하죠.

몇 점 먹었을 때 마지막 대기 손님까지 주문을 마쳤는데요. 쉴 새 없이 이어지던 사장님의 추임새가 그 순간 뚝 끊기더니 평범한 말투로 친한 손님에게 안부를 묻기 시작했습니다. 추임새들을 평소 습관이라 추측해서 죄송했어요.

먹다 말고 메모장에 '튀김옷이 젖든 말든 관계없다'라고 적었습니다. 정말 그렇습니다. 아랫면이 기름과 양배추 물에 눅눅해지는 편인데 맛에 거의 영향을 미치지 않습니다. 어쩌면 튀김옷을 바삭하게 지키려는 세팅은 그만큼 튀김옷 상태가 맛을 판가름해주기 때문일 수도 있겠습니다. 의문의 장국을 한입 떠먹었습니다. 얇은 막 아래 뿌연 국물이 보이는데 일반적인 된장국보다 진하고 덩어리졌습니다. 술을 짜낸 찌꺼기, 술지게미를 넣어 만든 돼지고기 된장국에 당근과 무가 잔뜩 들었어요. 술지게미 덕분에 구수한 맛이 더해지면서 다른 가게의 장국보다 단독 요리로 빛을 발합니다. 저는 국물 요리를 좋아하지 않아 그렇지 국을 중요시하는 사람에겐 감흥이 더 크겠습니다.

숙성 비법 말인데요, 실례를 무릅쓰고 물어봤으면 대뜸 알려줬을 수도 있습니다. 자주 보는 일본 식당 기행 프로그램에서 비밀 조리법에 해당할 법한 이야기를 편히 알려주더라고요. 조미료를 특수하게 섞어 쓰는 곳에 방법을 물으니 "6.5 대 2 대 1.5로 섞습니다"라고 비율 소수점까지 알려주질 않나, 알아듣고 넘어가려 했더니 "겨울에는 7 대 2 대 1로 바꿔야 합니다. 추워지니까요"라고 묻지도 않은 경험치를 폭발시키길 않나, 희귀한 재료를 쓰면서 구할 가게를 일러주지 않나, 연구를 많이 했다며 생선 손질하는 법을 세세히 짚어주지 않나, 동물성 혹은 식물성 기름 중 택한 이유를 설명하지 않나, 장어구이집에서 한 번 구운 장어를 양념장에 빠트린 후 꺼내 다시 구울 때 유의할 점을 말해주지 않나, 오전 6시부터 줄 서기 시작하는 인기 빵집 대표 메뉴 만드는 법을 처음부터 끝까지 차근차근 안내해주지 않나…… 두 손으로 얼굴을 가리고 "그걸 다 말해주면 어떡해요" 울고 싶은 기분이 듭니다. 주방장에게 그 질문을 실제로 한 진행자가 있었습니다. "다른 가게들이 이 레시피를 그대로 따라 만들면 안 되잖아요?" 주방장은 질문을 이해 못한 표정으로 "레시피를 다 안다고 이 맛이 나오진 않습니다" 답했습니다. 대대로 이어져 내려오는 비밀 소스에 모든 운을 거는 사람도 있지만 이렇게 자신이 만족하는 지점을 찾기까지 쓴 시간의 힘을 믿는 사람도 있습니다. 에고가 세거나 자신감이 넘치는 기운이 아니었어요. 담담해서 강한 태도도 있구나 감탄했습니다.

로스 정식에 특별히 디저트는 없는데요. 혼자 멋대로 정한 니시무라의 디저트가 있습니다. 계산대에 놓인 가게 명함입니다. 이 사랑스러운 명함을 꼭 확인하세요. 오피스 프로그램으로 만든 듯한 앞면도 그렇지만 무엇보다 뒷면의 가게 약도가 가벼운 후식처럼 유쾌합니다. 어떻게 유쾌한지는 비밀입니다. 바로 위 문단에서 비밀 없는 레시피에 감탄해놓고 저는 비밀로 여운을 만들고 있네요. 약도 이야기가 나왔으니 말인데요. 구글 지도에서 니시무라를 검색하면 이름이 '돈가스'라고 뜹니다. 그래서 처음에 지도에 별표 지정할 때는 이름이 정말 '돈가스'인 돈가스 가게인 줄 알았어요. 불편하긴 해도 오므라이스 가게 이름이 '오므라이스'라거나 중식집 이름이 '짜장면'일 수도 있겠지, 하면서요.

'준비중'인 가게에서 빠져나와 도쿄역으로 걸었습니다. 돌아갈 땐 급할 일 없으니 걷기로 했어요. 일하듯 쉬고 쉬듯 일하는 자신을 원망하기도 하지만 대부분 시간에는 좋아서 그러고 있음을 압니다. 가장 좋아하는 요리인 돈가스를 먹으며 가장 좋아하는 창작 방식인 글쓰기를 하는 일은 그런 구분이 무의미한 입체입니다. 일인지 휴식인지 구분하길 포기하고 더 반짝이는 입체를 만들 궁리를 하겠습니다. 넓은 접시 어떨까요. 니시무라의 로스 정식을 받아갈 크기로요. 저녁에 다시 들러 안주를 시키는 척이 접시 저 접시 주문하고 이곳의 요리를 탐내고 싶습니다.

— 돈가스 니시아자부 부타구미 —

とんかつ 西麻布 豚組

2 Chome-24-9 Nishiazabu, Minato-ku, Tokyo

맛이 생활을 구한다

이 책을 쓰기 시작하고 나서는 일본 친구를 만나면 돈가스 이야기부터 꺼냅니다. 일본 돈가스에 대해 글을 쓰는데, 좋아하는 가게가 어딘지 묻곤 하죠. 돈가스를 좋아하다니 의외라며 몹시 놀라는 반응이 대부분이었습니다. 저에겐 의외라면서 다들 각자 좋아하는 가게가 있고, 또 모두 다른 곳이더군요. 돈키를 중요한 가게로 생각하는 건 모두 비슷했어요. 아트북페어 언리미티드 에디션에 사진 전문 유통사 트웰브북스 멤버로 참여한 나카야마 요코 씨에게 돈가스 책을 쓴다고 말을 꺼냈더니 느닷없이 "부타구미!" 외쳐서 "네?" 답하니 다시 "부타구미!"라기에 처음 듣는 감탄사인가 했습니다. '부타구미'에 꼭 가보라며 사진을 보여줬어요. 튀김옷이 심상치 않아 보여 넝큼 저장했습니다. 넝큼이라는 단어를 좋아합니다. 맛있는 능금 열매가 떠오르지만 아무런 관계없고 넝 발음도 특이한데 큼이 붙어 발음하는 혀 위에 길게 머뭅니다. 넝큼, 넝큼, 넝큼이라는 말을 넝큼 잊을 수가 없네요.

　도쿄 니시아자부의 부타구미에 도착했습니다. 오래된 이층집을 가게로 씁니다. 들어가자마자 계산대와 주방이 보이고 방마다 테이블이 놓였습니다. 벽을 헐지 않고 소극적으로 개조해서 집의 구획이 그대로 남아 있습니다. 메인 공간이 존재하지 않아서 시야가 벽과 기둥에 막히고 과연 식당에 들어온 게 맞는지 확신이 서지 않습니다. 괜찮아요. 10년 동안 작은 책방을 운영하며 살았으니 작은 공간을 감각하는 데 단련되어 있습니다. 짙은 밤색 나무 골조가 고풍스러운 운치를 만들어냅니다. 밤색이라는 단어도 넝큼만큼 좋아합니다. 말 그대로 (먹는) 밤의 색이잖아요. 하늘의 색, 밤의 색, 벽돌의 색, 완두콩의 색, 구체적인 존재를 지칭하는 색깔이 소중합니다. 대상이 사라져도 단어가 몇 년 더 남겠죠. 미래 어떤 세기에는 완두콩 색이 더 어두울지도 모르죠. 어렸을 때 할아버지 산소 가는 길목, 떨어진 도토리와 밤을 보면서 무엇하러 저렇게 동글동글 귀엽게 생긴 걸까 생각했습니다. 쪼그려 앉아 도토리를 주우려 하면 저 앞에서 어머니가 "그 도토리 썩었어" 하셔서 보면 정말 썩었습니다. 천리안 어머니는 더 앞서 갔고, 줍기엔 너무 무서운 밤송이 가시를 바라만 봤습니다.

계산대 앞에서 15분가량 기다렸습니다. 앞쪽 방 손님들은 보이지 않은 채 웃음소리만 들려옵니다. 그사이 넓지 않은 주방에서 두 명의 요리사가 쉴 겨를 없이 움직여요. 빠른 속도로 요리 하나를 책임지는 주방장은 자신의 시간을 바짝 졸여 손님에게 여유로운 감흥을 제공하는 사람들입니다. 음식을 만드는 쪽에서 철저할수록 먹는 이의 즐거움은 배가 되기 마련이죠. 그때 2층으로 안내받았습니다. 좁다란 나무 계단을 오르며 한 발짝씩 기대했어요. 2층 창가에 앉았는데요, 이토록 포근한 자리에서 가장 좋아하는 음식을 먹어도 되는지 순간순간이 사치로 느껴졌습니다. 창살 사이로 초봄 빛이 들어와 의자 옆으로 빗살 그림자를 만

들었습니다. 자리를 고쳐 앉을 때 의자와 나무 바닥이 내는 소리
마저 완벽했습니다.

미리 조사하고 결정한 대로 '바라에티 정식'을 주문했습니다.
평일 점심 한정 세트를 우선 쓰인 대로 발음하긴 했지만 정체가
드러나지 않고 머릿속을 괴롭힙니다. 바라에티? 바라에티……
바라에티…… 세상에, 알고 보니 '버라이어티'더라고요. 늘 듣는
단어를 뜻도 짐작하지 못한 채 발음했다니 신기했습니다.

자주 쓰이는 말들 있잖아요. 어떤 표현이나 생각이 자주 공유
되면 그만큼 뜻이 가벼워집니다. 어디에든 만능으로 쓸 수 있는
마법의 문장이 되죠. 자주 쓰다가 스스로 위험하다고 여긴 문장
으로 '가능성이자 곧 한계'가 있습니다. '장점이자 단점' 같은 말
이죠. 물론 알맞게 쓰일 수도 있겠죠. 그런데 자신을 관찰해보니
한계를 변명하거나 가능성을 포장할 때 그 말을 사용하더라고
요. 덜렁대는 사람이 '너무 꼼꼼한 성격이 단점입니다'라고 자기
소개서에 쓰는 마음과 비슷하달까요. 딜레마 화법과도 닮았습니

다. 어떤 질문을 들었을 때 "아, 그게 제 딜레마입니다"라고 답하면 모든 질문을 요령껏 미룰 수 있죠. 저에게도 아직 미결 상태라는 뜻이니까요. 쉽고 편하니까요. 이렇게 말하면서도 늘 그렇게 답하고 싶다는 쬠에 스스로 빠집니다.

모모미씨와 저는 가능한 한 서로를 이름으로 부릅니다. '자기'라든지 '여보'라 부르지 않습니다. 농담 주고받을 때 빼곤 누나라고 불러본 적도 없습니다(네, 모두 하나같이 '이로씨 쪽이 최소 다섯 살 많은 얼굴이잖아' 생각하지만 제가 두 살 어립니다). 보편적인 호칭보다 되도록 각자의 이름을 부를 수 있을 만큼 더 부르고 싶어서요. 전 국민이 쓰는 호칭으로 반려자를 부르면 '자기'로서의 존재가 점점 커져 그를 가릴 것 같아서요. 추상적인 이름에 가리지 않는 구체적인 모모미씨와 함께하고 있으니 더 그렇게 부릅니다. 존댓말과 반말을 섞어 쓰는데 때때로 유형이 다릅니다. 근래 존댓말을 많이 썼다 싶으면 반말을 써 거리를 좁히고, 아차차 거리가 너무 가깝잖아 싶으면 다시 존댓말을 자주 씁니다. 어떤 분이 "서로 '씨'를 붙이시네요?"라고 해서 "왜 붙이면 안 되죠?" "왜 붙이는데요?" "왜 붙이면 안 되는데요?" 대화가 영원의 굴레에 빠진 적 있습니다. 존댓말을 쓰면 생활 사이에 시간 차랄까 간격이 생기는데 그 간격이 그를 나의 분신이 아닌, 누구보다 아끼는 타인에 머물 수 있게 해줍니다. 부부라고 해도 끝내 설득되지 않는 면이 있으니까요. 그런 점이 튀어나올 때마다 저 사람은 저렇구나, 되게 신기한 사람이다, 서로 정말 다르구나 생각하면서 동시에 그 다름을 관계보다 중요하게 여기진 않는 태도가 닮았습니다.

얼마나 다르냐면 저는 버리는 걸 좋아하고 모모미씨는 모으는 걸 좋아합니다. 그토록 달라서 장점도 있습니다. 집안일도 자연스레 서로 잘하는 부분을 맡으면 그만이니까요. 모모미씨가 주로 빨래를, 제가 주로 설거지를 합니다. 요리는 두 사람 다 하지 않고 사 먹거나 간단히 익혀 먹습니다. 모모미씨가 주로 정리와 수납을, 제가 주로 쓰레기와 재활용품을 관리합니다. 제가 바닥을 닦는 동안 그가 돌돌이(테이프클리너)를 굴리고요. 착착 분업된 소사회 같지만 둘 다 못하는 일, 화장실 청소를 서로 미루다가 대판 싸우고 더 화난 사람이 분노를 모아 화장실이 광이 날 때까지 치우기도 합니다. 사이가 나빠졌는데 화장실만 번쩍거려 어색합니다. 그리고 각자 자신이 55퍼센트 대 45퍼센트로 저 사람보다 더 일하고 있다고 불만스레 생각하는 듯합니다.

맥주 한 잔이 먼저 나왔습니다. 소 잔이 있길래 시켰는데 예상을 뛰어넘게 작은 잔에 생맥주가 담겼습니다. 예상을 뛰어넘게 작다니 이상한 표현이지만 정말 많이 뛰어넘어 그렇습니다. 속으로 환호를 보냈습니다. 다른 사람들이 먹는 보통 잔은 늘 양이 많아서 3분의 2만 마셨음 하는데 그 절반보다 작은 잔이라니, 이 가게가 저를 위해 지어졌나 잠깐 착각했습니다.

부타구미는 좋은 재료를 찾아 그와 협력하는 방식이 특징입니다. 좋은 가게라면 어디나 그렇지 않나? 싶지만 부타구미는 더 집요하게 더 바깥으로 드러내 보입니다. 스무 가지가 넘는 돼지고기 브랜드를 선별하여 다 다른 돈가스로 제공하고, 그중에서도 그때그때 고기의 상태에 따라 좋은 것만 추린다고 합니다. '어디

어디산 고기'로 얼버무리지 않고 어떤 농가의 어떤 고기인지 정확히 표기하고 농가 안내까지 겸합니다. 전국의 브랜드 고기를 먹어보고 스스로 생각하는 좋은 브랜드를 골랐다니 대단한 집념입니다. 식당이라면 당연한 집념 같지만, 보통은 한 세번째 먹어본 고기가 꽤 괜찮은 맛을 내면 '그래 더 알아보지 말고 이걸로 정하자' 하지 않을까요. 한 종에 집중하지 않고 각기 다른 축산 농가에서 여러 종류의 고기를 갖추는 점도 눈에 뜨입니다. 한 가지 고기만 쓰면 그 돼지고기의 상태에 따라 돈가스 맛도 달라질 수 있겠죠. 결정적인 재료 하나를 찾기보다 좋은 조건에 맞는 고기를 다양하게 선별해 맛의 리스크를 줄입니다. 다만 문제 하나를 풀면 반대쪽 문제가 꼬이죠. 그토록 많은 수의 고기를 구비했을 때 관리나 비용 문제를 어떻게 풀까요. 좁은 주방 외 별도의 저장 창고가 있으면 해결될 것 같지만 별도의 공간에는 또 별도의 노력이 필요할 터입니다. 이렇게 궁금한 이유는 부타구미가 어떻게든 관리에 성공하고 있기 때문입니다. 맛이 그 증거입니다.

고기뿐이 아닙니다. '태백 참기름'이라는 식물성 참깨 기름, 오래 숙성시킨 고급 빵가루, 고시히카리 쌀, 저농약 양배추를 써서 모든 재료를 평균 이상으로 끌어올립니다. 물론 (그래서) 가격도 평균 이상입니다. 브랜드 돈가스는 2,000엔에서 4,000엔을 받고, 8,700엔짜리, 10,000엔짜리도 있습니다! 10,000엔짜리 돈가스를 쓰면서 이 문장을 마침표로 끝낼 순 없겠다고 생각했습니다. 두 사람이 약 20만 원짜리 돈가스를 먹으러 들어가면 기대되기보다 무서울 지경일까요. 첫번째 한 점 먹으며 제발 맛있어라 제발…… 주문을 외울지도요. 예전에 다른 가게에서 4,000엔이 넘는 돈가스를 작정하고 먹을 때 기분이 그랬습니다. 완벽한 온도의 물수건에 깔끔한 애피타이저에…… 그런데 이럴 수가! 돈가스에 별 특징이 없어 '일회용 물티슈로 바꿔도 좋으니 돈가스를 신경써주세요, 돈가스 가게 주인장이시여' 속으로 울먹였습니다.

콜레스테롤이 없고 칼로리가 낮은 참기름으로 튀긴 돈가스가 궁금했습니다. 입맛이 단순하고 운동을 싫어해서, 건강 검진 결과 나쁜 콜레스테롤 수치가 위험한 수준으로 나온 지 얼마 되지 않았을 때라 더 그랬습니다. 아, 건강 검진을 받고 운동을 시작했어요. 순전히 돈가스를 더 먹기 위해서요. 돈가스가 건강을 끌어 내리고 또 돈가스가 건강을 끌어올리니 다행이라면 다행일까요.

옆자리에는 중국인, 앞자리에는 국적을 확신할 수 없는 서양인 으로 다국적 방이 완성되었습니다. 구글 지도에서 찾아볼 때 유 독 타국 관광객 평이 많았던 기억이 났습니다. 그렇다고 타국 사 람들에게만 통할 일본식이냐면 그렇진 않아요. 가게가 해외에도 알려지는 계기는 생각보다 사소한데 이를테면 영어 메뉴가 구비 되어 있는지, 가게 이름을 어떻게 표기하는지 같은 것들이죠. 쓸 데없는 정상 회담을 하는 자리처럼 허리를 굳세게 폈습니다.

식기라든지 식탁, 조미료 통이나 집기가 고급스러워 이리저리 보았습니다. 지나치게 고급스러워 부담스러운 정도는 아니고 적 당히요. 가정집 형태를 간직하는 식당 모습과 잘 어울립니다. 으 레 소스 병에 묻은 소스 한 점 없어서 설마 손님이 바뀔 때마다 전 부 닦거나 병을 바꾸는 걸까 놀랐습니다.

값비싼 돈가스에 무턱대고 도전하긴 겁나서 먼저 간단히 탐색해보자 싶었습니다. 그렇게 결정해온 메뉴가 평일 한정 버라이어티 정식이었어요. 1,500엔으로 평일 점심에만 먹을 수 있습니다. 당신이 주말 저녁에 10,000엔을 펄럭이며 '셧업 앤 테이크 마이 머니' 심슨 이미지처럼 행동해도 먹을 수 없습니다. 세 가지 튀김이 나오는데요, 한입 돈가스, 멘치가스, 감자 크로켓입니다. 식감이 부드러운 순서로 불렀네요. 왼쪽부터 크로켓, 멘치가스, 돈가스가 놓였습니다. 어떤 순으로 먹어볼지 고민했어요. 강한 순으로 정렬이냐 씹기 편한 순으로 정렬이냐 아니면 무의미로 정렬이냐 주사위를 굴리다 크로켓부터 먹기로 했을 때 점원이 정식을 놓으며 "크로켓이 뜨거우니 조심하세요"라 하여 계획을 수정해야 했습니다.

한입 돈가스부터 먹었습니다. 한입 돈가스를 먹는 순간 브랜드 로스를 시킬 걸 그랬나 후회했다가 너무 이른 감정이라 마음을 다잡았습니다. 돈가스에 흔들리는 마음을 다잡다니 우스운 일이지만 정말 괜히 자세를 고쳐 앉고 마음을 다그쳤어요. 아직

멘치가스와 크로켓의 맛이 남았으니까요. 다른 가게에 비해 빵가루 입자가 거친데 신기하게도 먹을 땐 정반대로 곱게 느껴집니다. 군데군데 굵은 빵가루가 기름을 잔뜩 머금었지만 산뜻한 참기름이 부담스럽지 않습니다. 한입만으로도 충분히 궁극의 맛을 엿본다는 기분에 빠집니다. 크기 때문에 살코기가 적을 수밖에 없지만, 제대로 된 크기의 로스가스에서는 빵가루와 참기름의 조합이 향과 식감으로 가히 폭발하겠어요. 마침 앞자리 손님이 로스가스에 생맥주(大)를 시켰는데 그 위용이 대단했습니다. 높은 가격대도 이해할 수 있습니다. 중심이 되는 고기 외에도 숱한 요소를 극상으로 끌어올릴 때 이렇게 달라지는구나 알았습니다. 또 무작정 비싸지 않고 여러 가격대로 선택할 수 있게 한 점도 좋았습니다. 돈가스를 좋아하지만 몇 점이나 계속 같은 돼지고기 튀김을 먹기엔 부담스러운 사람에게 버라이어티, 아니 바라에티 정식을 강력하게 밀겠어요. 전날 저녁에도 돈가스를 먹어서 한껏 느글느글한 배가 무리하지 않아 좋았습니다.

　다음으로 멘치가스를 먹었어요. 버라이어티 정식에선 이 다진 고기 튀김이 주인공입니다. 로스가스 시킬 걸 그랬나 후회했던 마음을 장외로 당장 던져버렸습니다. 하물며 입으로 가져가기 전, 젓가락으로 먹을 만큼 자를 때 이미 알았습니다. 섣부른 후회가 장외로 날아갈 운명임을요. 돈가스가 튀김옷 속에 무거운 고깃덩어리를 담고 크로켓이 으깬 재료를 담는다면, 멘치가스는 그 중간입니다. 이로 눌러 즙을 짜내는 게 아니라 이미 다져진 고기 틈으로 육즙이 흐르고 있습니다. 밑간이 되어 소스가 필요 없을 지경이지만 돈가스소스를 찍어 먹어도 또 좋습니다. 소스 향 아래로 바삭한 튀김 아래로 짭조름하게 간이 밴 다진 고기가 한입에 어우러집니다. 몇 조각이라도 연달아 먹을 수 있습니다. 돈가스와 크로켓에 비해 큰 크기인데도 첫 입 베어 물자마자 더 컸으면 했습니다. 먹을수록 사라지다니 너무 작다고요. 셋 중에 왜 금메달 자리에 놓였는지 알겠다 끄덕였습니다. 씹는 느낌도 뛰어납니다. 턱에 부담 하나 없이 부드럽지만 무스처럼 곱진 않아 적당하죠. 먹자마자 입안에 고소한 향과 맛이 훅 퍼집니다. 그때 급하지 않은데도 급히 밥을 한 젓가락 먹어요. 고기 향이 감싼 쌀밥을 꿀꺽 넘기고 차가운 맥주를 한 모금 먹습니다.

마지막으로 감자 크로켓입니다. 감자 크로켓은 돈가스나 멘치가스에 비해 단출한 맛을 지녔지만 그래서 셋을 번갈아 먹게 해줍니다. 혼자는 좀 쓸쓸하지만 셋의 세트로는 최적입니다. 크로켓 대신 새우튀김이었다면 쉽게 홀렸겠지만 강한 맛의 향연에 힘들 테니까요. 달콤한 감자가 무너질 듯 입속에 흘러내리면서 정식의 균형을 잡습니다. 세 조각이 예상보다 작다고 여겼는데 어느새 밥과 양배추가 동났습니다. 점원이 다가와 밥을 더 먹을지 묻기에 "양배추도요!" 신나 외쳤어요. 리필 한 번은 무료입니다.

　밥과 양배추를 리필하면 식사 2부가 시작된 기분이 되어 재밌습니다. 밥의 온기를 식혀가며 먹었는데 다시 뜨거운 밥을 먹게 되는 점도 그렇고요. 늘 듣던 카세트테이프를 B면으로 바꿔 들을 때 어떤 노래가 나올지 알면서도 괜스레 기대하는 마음과 닮았습니다. 정오의 빛을 실컷 쬐며 돈가스 한입, 멘치가스 한입, 감자 크로켓 한입, 사이사이 밥과 바지락 든 된장국과 양배추와 귀여운 잔에 담긴 맥주와 따뜻한 차를 연거푸 먹고 마셨습니다. 집중해서 지금을 잊지 말자 다짐했습니다.

그런 날이 더 많았음 합니다. 3월 28일이 3월 28일로 남지 말고 특정한 기억이 날짜를 차지했으면 합니다. 개인적인 기념일로 만든 달력을 상상합니다. 달력에는 결혼기념일도 생일도 있겠지만 줍지 못한 도토리의 날도, 화장실 청소 대란의 날도, 부타구미의 날도 있으면 좋겠습니다. 다음해에는 나름의 방식으로 그날을 기념하면 어떨까요. 맛있는 맛, 좋은 좋음이 머릿속에서 그날 오후 빛과 뒤섞여 다른 날을 더 기대하게 합니다. 또 온갖 수고를 들여 돈가스 가게를 방문하곤 문장으로 상상한 맛을 조롱할 만큼 대단한 돈가스를 먹고 싶습니다. 미식 기행에서 힘을 얻으면 기대 이하의 가게도 괘념할 필요 없어집니다. 혀를 감동시킬 요리를 만나는 데 필요한 과정이니까요. 부타구미가 이상적인 육질을 찾아 나서는 과정과 비슷합니다. 과장하여 말하면 맛있는 요리의 기억이 모여 저를 구합니다. 구한다는 감정이 꼭 필요해요. 일방으로 구제하지 않고 서로 구하는 관계요. 모모미씨가 저의 인생을 구했고 제가 모모미씨의 삶을 구했으면 좋겠습니다. 저희가 세 마리 고양이 모로로, 쿠리쿠리, 표표를 구했지만 동시에 그들이 저희를 구하고 있습니다.

좋아하는 요리를 정해두고 꿈꾸거나 욕망하면 그 꿈을 우습게 넘어서는 맛을 만날 수 있습니다. 그럼 또 꿈이 커집니다. 유명한 돈가스 가게가 밀집한 우에노 지역은 전혀 다루지 않았는데요, 그곳에 가면 편협한 상상이 또 얼마나 어그러지고 또 부풀까요. 그 전에 부타구미에 한번 더 와서 브랜드 돈가스를 먹어보겠습니다. 짧은 순간 절 구해줘 고마웠습니다.

어떤 돈가스 가게에 갔는데 말이죠

돈가스 마이센 아오야마 본점 : とんかつ まい泉 青山本店
4 Chome-8-5 Jingumae, Shibuya-ku, Tokyo

이치린 : いちりん
4 Chome-4-19 Tsukiji, Higashimuro-gun, Wakayama-ken

돈가스 돈키 : とんかつ とんき
1 Chome-1-2 Shimomeguro, Meguro-ku, Tokyo

신후지 본점 : 新富士本店
2 Chome-3-5 Senbonminami, Nishinari-ku, Osaka-shi, Osaka-fu

돈가스 아오키 다이몬점 : とんかつ檍 大門店
1 Chome-11-12 Hamamatsucho, Minato-ku, Tokyo

카츠헤이 : かつ平
6 Chome-12-10 Tsukiji, Chuo-ku, Tokyo

소스안 : 奏す庵
555-19 Waseda Tsurumaki-cho, Shinjuku-ku, Tokyo

양식 요시카미 : 洋食 ヨシカミ
1 Chome-41-4 Asakusa, Taito-ku, Tokyo

돈가스 긴자 니시무라 : とんかつ 銀座 にし邑
3 Chome-12-6 Ginza, Chuo-ku, Tokyo

돈가스 니시아자부 부타구미 : とんかつ 西麻布 豚組
2 Chome-24-9 Nishiazabu, Minato-ku, Tokyo

어떤 돈가스 가게에
갔는데 말이죠
ⓒ이로 2018

초판 1쇄 발행 2018년 10월 20일
초판 2쇄 발행 2019년 7월 8일

지은이 이로
펴낸이 김민정
책임편집 도한나
편집 김필균
디자인 한혜진
마케팅 정민호 박보람 나해진 최원석 우상욱
홍보 김희숙 김상만 이천희 오혜림
제작 강신은 김동욱 임현식
제작처 영신사

펴낸곳 난다
출판등록 2016년 8월 25일 제406-2016-000108호
주소 10881 경기도 파주시 회동길 210
전자우편 nandatoogo@gmail.com **트위터** @blackinana **인스타그램** @nandaisart
문의전화 031-955-8865(편집) 031-955-8890(마케팅) 031-955-8855(팩스)

ISBN 979-11-88862-21-4 03810

○이 책의 판권은 지은이와 (주)난다에 있습니다.
○이 책 내용의 전부 또는 일부를 재사용하려면 반드시 양측의 서면 동의를 받아야 합니다.
○난다는 (주)문학동네의 계열사입니다.
○이 도서의 국립중앙도서관 출판예정도서목록(CIP)은 서지정보유통지원시스템 홈페이지
(http://seoji.nl.go.kr)와 국가자료공동목록시스템(http://www.nl.go.kr/kolisnet)에서
이용하실 수 있습니다.(CIP제어번호: CIP2018028753)